江戸落語奇譚

寄席と死神

奥野じゅん

角川文庫
22640

目次

序

意識を刈り取られる……という表現が一番近いだろうか。ぼーっとするとか、ふらふらするとか、そういうレベルは超えている。

帰宅ラッシュの丸《まる》ノ内《うち》線・四《よ》ツ谷《や》駅ホーム。俺は、白くなる視界をなんとか保ちつつ、エスカレーターに向かっていた。

六月の蒸し暑さに体力を奪われて、雑踏に呑《の》まれそう。もう少し、もう少しだけ頑張れば、家に着く。けれど、ちょっとこれは無理かもしれない。

ふうっと意識が遠のいて、ひざからかくんと落ちるのが分かった。前のめりに思い切り倒れる……と思った、そのとき。

「おっと」

誰かの声がしたと思ったら、正面から抱き留められた。なけなしの力でそのひとにしがみつき、すんでのところで崩れ落ちることはまぬがれる。

「あ……すみませ……」

条件反射的に謝ろうとしたものの、ふにゃっと力が抜けて、全体重が目の前の人物にかかる。

「大丈夫ですか。お気を確かに」

頭の上から聞こえる、男性の声。何か言っているけれど、ざわざわとした人の往来と、発車メロディにかき消されて、その声も徐々に遠のいていく。

もうだめだ、倒れる。

……と思ったら、突然体が宙に浮いた。男性は、俺を土嚢《どのう》のように軽々と担ぎ、足早に壁際のベンチへ。すとんと下ろすと、俺の目線までかがんで、顔を覗《のぞ》き込んだ。

「人を呼んできます。少し待てますか？」

「いえ……大丈夫です。休めば良くなるので。すみません。ありがとうございました」

ろくに顔も見ずに、首から上だけでぺこりとお辞儀らしきものをする。しかし、その頭の重みでまた視界が揺れる。

男性は俺の肩をぱっと掴《つか》み、耳元でささやいた。

「眠れないでしょう、毎晩怖い思いをするのでは」

驚いて顔を上げた。

和服姿だった。薄い灰色の着物に紺色の羽織を合わせた、上品なひと。年の頃は、二十代後半といったところだろうか。

　なんだろう、これはなんか見たことがあるな……と、また意図しない方向へ考えが行きかけたところで、はっと、言われた言葉を思い出す。

　――毎晩怖い思いをするのでは
「あの、分かるんですか？　その……なんかあるって」

　男性は、ミステリアスな微笑みをたたえて言った。

「もしかしたらそうではないかな、と思っただけです。でもそのご様子だと、全くの見当違いではなさそうな」

　何と答えていいやら。困っていると、男性はふっと笑って、斜めがけにした薄いかばんから、名刺入れを取り出した。

「文筆家をしております、青野短《あおのみじか》と申します」

　手渡された真っ白い名刺には、型押しの凹凸で、牡丹《ぼたん》と蝶《ちょう》が浮き出ている。

「あなたのその極度の寝不足、心当たりがございます。お医者にかかっても無理なら、ご連絡ください。ともあれ、まずはお大事に」

　青野と名乗った男性は、さっと立ち上がると、優雅に一礼して、雑踏の中に消えてしまった。

　名刺を持ったまま口を半開きにして、その場で固まる。

なんだ？　いまの。

いくらかは回るようになった頭で、一分間の出来事をさーっと思い出す。

どうして寝不足だと分かったのだろう。それに、怖い思いって……俺を悩ませているあれのことを分かって言っているのだろうか。

そして、ひとつずつ記憶を呼び起こしながら最後に思い出したのは、着物姿の青野さんが、見たことのある何かだったということ。

なんだっけ？　なんだっけな……。

首をかしげたところでふと目に入ったのは、ホームの壁に貼られた、美術展のポスター。大きく描かれた浮世絵の美人画に、彼の端整な顔が重なる。

ああ、そうだ。さっき電車の中吊《なかづ》りで見たあれに、彼のまとう雰囲気がそっくりだったのだ。

一章　芝浜

命からがら家に帰り、せんべい布団に倒れ込んで、そのまま眠ってしまったらしい。気がついたのは、午後十時過ぎ。時間がもったいなかったと思う半面、とりあえず細切れにでも眠れたのだから良かった。

　のろのろと起き上がって、六畳1Kボロアパートのレトロすぎる台所へ向かい、水を飲む。玄関の脇に転がったリュックを見て、もらった名刺のことを思い出した。

文筆家、と言っていた。有名なひとなのだろうか。

脇ポケットに入れたはずのそれを取り出した。電話番号とメールアドレス、ツイッターのアカウントが書かれている。布団の上に戻り、まずは名前を検索することにした。

［青野短］

　ウィキペディアはない。けれど、名刺に書かれたツイッターアカウントが一番上に出てきた。プロフィール欄にはこうある。

［文筆業を営む者。花札狂い。江戸《えど》落語にまつわる怪異の研究をしております。夢枕におばけが立つ方、ＤＭにてご連絡ください］

色々ツッコミどころはあるけれど、何より驚いてしまったのは、そのフォロワー数だ。

「い、一万……」

ウィキもないようなおばけの研究家に大量のフォロワーとは、これいかに。しかし、一番上の投稿を見て、おおいに納得してしまった。

［きょうは、四谷ほととぎす亭へ。肩のこらない小さな寄席《よせ》です］

この、たった二行のツイートに、リプライが六十件。

［短先生、四谷にいらしたんですね～！　通ったのに……お会いしたかったです］

［お着物姿の写真、上げてください！］

ハートマークや絵文字だらけ。なるほど、あのすらっとしたルックスに、女性ファンがいっぱいいるというわけだ。

ただ、過去のツイートを遡《さかのぼ》ってみると、ほとんどは真面目な内容で、怪異とは何かのプチ解説や、落語の演目の豆知識、書いたものや仕事の宣伝……などなど。

よって、お出かけ報告と男着物の着こなしの紹介にだけ、やたらにハートマークが飛んでいる状態だということが分かった。いや、これも、真面目な発信のようだけど。

登録したきり一度も使っていない、自分のアカウントを見る。知ってはいたけど、フォロワーはゼロだ。

アイコンが桜の写真なのは、本名の桜木月彦《さくらぎつきひこ》にちなんだつもりなのだけど……なぜだろう、意図せぬ悲壮感が出てしまっている気がする。

友達ゼロの現実に少し虚《むな》しくなりながら、再び青野さんのプロフィールに戻った。

——夢枕におばけが立つ方、ＤＭにてご連絡ください
やっぱり青野さんは、あの一瞬で何かを見抜いたのだろうか。


俺が倒れるほどの寝不足に陥っているのは、毎晩おかしな現象に遭うからだ。

夜、普通に布団にもぐって眠りにつく。寝つきは良い。しかし午前二時頃になると、ぱっと目が覚める。なぜか布団の上で正座をしていて、動けず、声も出ず、ただまっすぐに目の前の壁を見つめるしかない。

頭の上では、男性の声が旋回するようにぐるぐると『やっと見つけた』『すまねえ』『情けねえ』と繰り返している。心底申し訳なさそうな声色で、たまにはなをすすったりして。

初めて出た日は、恐怖のあまり絶叫した……つもりだったけれど、声も出ないし逃げられもしないしで、震えて耐えるだけの地獄だった。

どう考えても幽霊。でも俺はそんなもの一回も見たことがないし、信じてもいなかった。いまも自分に霊感があるとは思っていない。けれど、現実問題、毎日おばけを見ている。

頭の上をぐるぐる回る幽霊は、たまに俺の目の前まで降りてきて、ちらちらと視界に入る。時代劇に出てくる、下町の商人みたいな。長い棒の両端に桶《おけ》を吊《つ》るして担ぎ、よたよたと歩きながら、眉《まゆ》をひそめて頭を下げる。

俺が意識を失うまでそれが続き、ぱたっと記憶がなくなって気づけば朝……というのが、一連の流れだ。

始まったのは五月に入ってすぐで、まもなく一ヶ月。睡眠もろくに取れないし、本当に体力の限界で、でも、こんなこと誰にも相談できないと思っていた。

青野さんは、『お医者にかかっても無理なら』と言っていた。

病院に行くとしたら、精神科だろうか。別にメンタル的な病に偏見はないけれど、いざ自分が行くとなると、幻覚だなんだと、実感とは違う診断を下されるような気がする。

どうしよう。今晩もまたあれが出てくるのだろうか。

目を閉じ、ひとつ想像をしてみる。腕利きの精神科医と、不思議な文筆家が並んで立っていて、白衣のおじさんは『病気です』と言い、着物の青年は『おばけです』と言う。

どちらがしっくりくるだろうか……と考えると、自《おの》ずと答えは出た。相談すべきは、病院じゃなくて、青野さんだ。


ツイッターのDMに送るか、もらった名刺の電話番号に直接かけるかで、小一時間悩んだ。

自分で言うのもなんだけど、内気で消極的なタイプの俺は、人見知りだし、トークスキルもない。初対面のひとに自分から連絡するなんて、十九年の人生で一度もやったことがないような。

時刻はまもなく夜十一時になろうというところ。電話は非常識な気がするし、でも今晩も眠れなかったら辛《つら》いし、DMじゃ見てもらえないかもしれないし……。

ツイッターと名刺を見比べて悩んでいると、なんと、青野さんがつぶやいた。

「きょうはカスばかり。欲を出すほど、欲しい札は来ないということでしょうか。待ち焦がれていますよ」

畳にばらまかれた花札の写真が添えられている。

有益なこととしかつぶやいていない青野さんのタイムラインに、不思議なツイート。

でもとりあえず、まだ起きているということは分かったので、勢いのままに電話をかけた。

　コール三回で繋《つな》がる。

「も、しもし……青野さんのお電話ですか？」

『はい。そちら様は、寝不足の？』

　独特のハスキーボイス。青野さんだ。

「桜木月彦と申します。さっきはありがとうございました」

　誰もいない方向へ頭を下げる。電話の向こうの青野さんは、少し笑っているようだった。

『僕の片便りをお読みになりましたか』

「へ？」

『あなたから連絡が来たらいいのに、とつぶやいたのですけど。行き倒れてしまったのかと心配しておりました』

「あ……すいません。寝てて……」

　あのツイートは、俺に向けてだったのか。

　でもまあ確かに、助けてもらって名刺までくれたのに、お礼をしないなんて非常識だ。向こうにしてみれば、俺からしない限り、連絡の取りようがないのに。

　何と言っていいか分からずまごまごしていると、彼は小さく笑った。

『桜木さん。夢枕に誰かが立つのでしょう？』

「はい。なんで分かったんですか？」

『……研究家だから、とでも申し上げておきましょうか』

はぐらかされてしまった。けれど、なんだか解決策は知っていそうだ。意を決して、相談してみる。

「実は、毎晩、幽霊が謝ってくるんです。でも俺、心霊スポットとかお墓にも行ってませんし、謝られるような覚えもなくて」

『姿は見えていますか？』

「はい。なんか、時代劇の商人みたいな男性で、桶がついた棒を……担いでて……その……」

うまく説明できずに尻《しり》すぼみに答えると、青野さんは「んっ？」と不審げな声を上げた。

『はっきりと見えるのですか？』

「えっと、はい。一応。自分は動けないんですけど、ちらちらと視界に入ってきて。あとは、財布を差し出してきます。『これで勘弁してくれ』って……多分革の財布だと思うんですけど、中身をじゃらじゃらと見せてきて」

『動けないというのは？』

「布団に入って寝たはずなのに、夜中に目が覚めると、なぜか正座してるんです。それでそのままずっと謝られて、でも朝になったら、ちゃんと元通りに寝てます」

『……なるほど』

そう言ったきり、青野さんは完全に黙ってしまった。何かまずいことがあるのだろうか。

どうしようかと慌てていたら、静かな声で聞かれた。

『桜木さん、お住まいはどちらで？』

「四谷大学のすぐそばです」

『なるほど。でしたら、まだ電車はありますね。よければ、いまから僕の家に来てくださいませんか？　千代田《ちよだ》線の根津《ねづ》なのですが』

「い、いまですか？」

『もちろん、無理にとは申し上げませんけども。時間が時間ですから、ご家族には許可を取っていただいて』

急すぎてびっくりしてしまう。それに、あしたも普通に学校だ。でも、どうせきょうも眠れないなら、専門家っぽいひとのところにいた方がいい気がする。

「家族は問題ないです。行きます」

根津駅の改札まで迎えにきてくれるということなので、床に転がしたままのリュックをそのまま摑《つか》んで、外へ出た。

根津のあたりは、谷中《やなか》・根津・千駄木《せんだぎ》を合わせて『谷根千《やねせん》』と呼ばれ、下町情緒が女性に人気だ……というのを、いつだかのネットニュースで読んだ。

逆にいうと、根津に対して、その程度の知識しかない。

人もまばらな駅の構内で、着物姿のひとをずーっと探していたら、横から声をかけられた。

「桜木さん」

振り向くと、普通のひと。いや、青野さんだ。Tシャツの上に薄手のカーディガンを羽織った、普通の服。

「あ……どうも……」

拍子抜けしてばかみたいなあいさつをしたら、くすくすと笑われた。

「洋服でびっくり、ですか？」

「あ、はい。すいません。文筆家で根津に住んでるって聞いて、イメージだけで、着物で暮らしてるのかと……」

「たまたまよそ行きを着ていただけですよ」

そういえば、寄席《よせ》に行ったとツイートしていた。大事な着物を汚したりしなくてよかったと、内心ほっとする。

そして、会話が出てこない。明らかに人見知りの、挙動不審な俺。青野さんは、俺が落ち着くのを、何も言わずに待ってくれている。

気を遣わせて悪いなと思い、ちょっと表情をうかがったら、その横顔に思わず見惚《みと》れてしまった。

艶《つや》のある黒髪は襟足がくびれたボブヘアで、少し長めの前髪からは、真っ黒の綺麗《きれい》な瞳《ひとみ》が覗《のぞ》いている。すらりと背が高い。なんだか、隣を歩くのに気が引けてしまうほど、住む世界が違う感じ。

口を半開きにして見上げていたら、青野さんは少し笑って、小首をかしげた。

「参りましょうか」

優雅な流し目で微笑むこのひとは、やはりあの美人画から抜け出してきたのではないだろうか……なんて思ってしまう。

優しい口ぶりの問いかけにぎこちなく返事をしながら、歩くこと十分。たどりついたのは、古ぼけた二階建ての店舗だった。

看板には『小料理　あをの』とあるけれど、シャッターは閉まっている。脇の細い通路を抜け、勝手口のような扉から入ると、中は厨房《ちゅうぼう》だった。

「こちらは両親が商っていたお店ですが、五年ほど前にたたみまして、いまは僕の物置です」

カウンターの向こうの客席を見る。

通路を挟んで両側の座敷には、日本料理屋らしいずっしりとしたテーブルが二卓ずつ。その上には平積みにされた本がうずたかく塔を成していて、畳の上にも、たくさんの箱が積んである。

「二階が住まいです。どうぞ」

厨房の隅にある階段をトントンと上がり、左手の引き戸を開いた。八畳の和室。旅館みたいな柄の押し入れが、昭和っぽい。

部屋の真ん中にある丸い座卓のところに、座布団を敷いてもらった。無駄にぺこぺこしながら座る。

「何かお飲みになりますか。コーヒー、紅茶、お茶、リンゴ酢の炭酸割りもありますよ」

「なんでもいいです」

「遠慮なさらないで？」

目を細めてにっこり微笑む、物腰やわらかなひと。会ったことのない人種とのやりとりに、しどろもどろになってしまう。

お茶を淹《い》れてもらって、緊張しつつコップを握りしめる。

「いまさらですけれど、こんな夜分にお呼び立てしてしまってすみません。あした、授業は何時からです？」

「えっと、あしたはちょっと遅くて二コマ目からなので……」

と言いかけたところで、青野さんが、眉《まゆ》をぴくっと動かした。

「失礼。桜木さん、もしかして、大学生なんですか？　四谷大学の？」

「はい、商学部の二年生です」

「えっ？」

口に手を当て、目を丸くする。あまりの驚きように、おばけの重大なヒントなのかと身構えたら、青野さんは、戸惑いの表情を浮かべたまま ちょこっと頭を下げた。

「すみません。四谷大の近くにお住まいと聞いて、附属高校の生徒さんかと勘違いしておりました」

「は？」

「ですから、高校生かと」

とっさにうつむいた。

子供っぽい顔と小柄な体格、それから服に無頓着《むとんちゃく》すぎて、よく高校生に間違われる。慣れっこだ。でも、それを青野さんに言われると、なんだか猛烈に恥ずかしい。

青野さんは多分一八〇近くはあるし、知的な振る舞いも、大人の男性って感じで…

…。

「あの、ここに来るのに『家族は問題ない』って言ったの……あれ、ひとり暮らしって意味でした」

　もじもじしていたら、彼は眉根を寄せて「本当にごめんなさい」と言いながら笑った。

　本題に入ったのは、日付が変わった頃。青野さんが、神妙な面持ちで切り出した。

「まずご承知おきいただきたいのですけど、僕は霊媒師やお坊さんではないので、厄払いをしたり、摩訶不思議《まかふしぎ》な力でおばけを退治することはできません」

　はっきりと告げられて、ちょっと拍子抜けしてしまった。おばけを消してくれるのだと期待していたからだ。そしてそれは、顔に出てしまったらしい。青野さんは口元にこぶしを当て、くすくすと笑った。

「ただ……見えるひとではあります」

「じゃあ、助けてくれたときは、見えてたってことですか？」

「いえ、あのときは見えてはおりませんでした。ただ、気配を感じて振り向いたら、あなたが倒れるところで」

　やはり、怖い思いをしていると言い当てたのは、ただの勘ではなかったらしい。

「えっと……いまは？　いますか？」

「先ほどまでいましたよ。その辺りに」

「えっ⁉」

悲鳴を上げて飛び退くと、青野さんは「大丈夫ですよ」と笑いながら、手招きした。泣きそうになりながら、彼の横に体を寄せる。

「いまは姿を見せていませんが、おばけの正体は、おおよそ見当はついています。電話でお話をうかがったときに、思い当たる怪異がおりました」

「えっ、何ですか？」

前のめりに聞いたら、彼はそっと人差し指を唇につけ、ほんの少し笑った。

「まだ言えません。人違いは失礼にあたりますので。憶測でものは言えないのです」

失礼？　おばけに……？

首をかしげる俺に、青野さんはゆるりと目線を合わせた。

「おばけの正体の話の前に、僕の研究について少しお話しさせてくださいませんか？」

俺がこくりとうなずくと、彼はゆっくりと語り始めた。

「まず、『怪異』という言葉は、本来は不思議な現象全般のことを指すのですが、僕は単純に、おばけのことをそう呼んでおります。なぜかというと、僕が研究している『江戸落語にまつわるおばけ』が、うまく定義できないからです。死んだひとの幽霊、伝承の妖怪《ようかい》などは分かりやすいですが、落語の……？　となると特に名前がないので、下手に分類したりせず、怪異と呼ぶことにしました」

「青野さんのは、おばけ研究のなかでも特殊ってことですか？」

「おっしゃる通り。落語の怪異、しかも江戸に限るとなると、かなり狭い分野ですし、先行研究もありません」

　なぜ江戸落語限定なのだろう。せっかくなら、もっと手広くやればいいのに……という俺の疑問を見透かしたのかは分からないけれど、青野さんは、ふわっと笑った。

「それしか見えないのですよ」

「え？」

「落語には関西の上方《かみがた》落語と江戸落語があるのですが、なぜか僕に見える怪異は、江戸落語にちなんだものばかり。なので、それを専門に研究しているというわけです」

　なるほど。おばけならなんでも見えるわけじゃないのか。

「じゃあ、青野さんが分かるってことは……俺に取り憑《つ》いているのは、普通のおばけじゃなくて、江戸落語の怪異なんですね？」

「そうです。それから、先ほど『失礼にあたる』と申し上げましたが、怪異には、失礼のないよう接しなければなりません」

「なんでですか？」

「世の方々は、おばけというと、人を脅かすだけの単純なものと考えがちなようですが、そうではありません。怪異は、人間が思う以上に知能が高く、理性的で、取り憑くのには必ず理由があります。ですから、人から引きはがすには、『失礼のないように』きちんと説得しなければなりません」

ぽかんとする俺に、青野さんは、眉根を寄せてほんのりと笑った。

「人違いは失礼にあたりますよね。無礼を働いて機嫌を損ねれば、こちらのお願いは聞き入れていただけないかもしれません」

対人関係と同じということらしい。苦手な俺は、怪異に失礼のないように接することができるのだろうか。

「さて、それでは、桜木さんに憑いている怪異の話をいたしましょうか。僕の考えが正しければ、あなたに憑いているものは、そんなに怖くないですよ」

「えっ？　いや、怖いです……けど」

尻《しり》すぼみに言うと、青野さんはほんの少し笑った。

「普通、落語で怪異と聞いたら、四谷怪談のお岩《いわ》さんなんかを思い浮かべませんか？」

「はい。それこそ、呪いとか祟《たた》りとか」

「そうですよね。でも桜木さんに憑いているのは、怪談噺《ばなし》ではなく、人情噺の登場人物が怪異になったものです。なので、悪さはしません」

人情噺とは？　頭の上に疑問符をぽんぽんと浮かべていると、青野さんは上品に微笑んだ。

「面白おかしい滑稽《こっけい》噺、幽霊が主役の怪談噺、そして、ほろりときたり感動してしまうようなのが、人情噺と呼ばれるものです」

言われてみれば、俺を毎晩悩ませている怪異は、ひたすら謝罪を繰り返していて、俺を呪っている感じは全然しない。

「人情噺の多くは、夫婦や親子の物語でして……ですので、差し支えなければ、桜木さんのご家族のことをお聞きしたいのですが。いかがでしょう？」

思わず、ごくりと唾《つば》を飲んだ。できれば言いたくない。けれど、このひとはもう、何か知っているのかもしれない。

答えあぐねていると、青野さんは、包み込むような優しい声で言った。

「もちろん、無理にとは申しませんよ」

その口ぶりで、少なくとも、家族関係が良くないことはばれているのだろうと思った。

自分の気持ちを言葉にするのが苦手だ。うまく言える自信もない。だけど青野さんなら、俺の拙《つたな》い話も汲《く》んでくれる気がする。

俺は意を決して、たどたどしく話を始めた。

「えっと……実はいま、母親が入院してるんです。自殺未遂をして、意識が戻らなくて。二月十五日からなので、もう四ヶ月になります」

青野さんは眉根を寄せ、沈痛な面持ちで尋ねてきた。

「お医者様はなんと？」

「はっきりしたことは言えないみたいです。急に目を覚ますかもしれないし、ずっとこのままかもしれないし……意識が戻ったとしても、日常生活が送れるとは限らないので」

実際、主治医からは、後遺症は覚悟してくれと言われている。

「自殺を図った理由は分かっているのですか？」

「その日は朝から父と大げんかしてて、夕方大学から帰ったら、リビングで母が倒れていました。空のコップと、真っ黒な液体がこぼれていて、台所には、たばこを煮出したらしい鍋《なべ》が残っていました。すぐに病院に運んで胃洗浄をしてもらったので、それを飲んだということで間違いないそうです」

「けんかの原因は？」

俺は黙って首を横に振る。

「あんな罵《ののし》りあってるの、生まれて初めて見ました」

……と言っても、両親は仲が良かったわけじゃない。逆だ。仲が悪いのを通り越して、全く会話がなかった。

「うち、家族関係が破綻《はたん》してるんです。父が放浪癖があるような性格なのを、母は何も言わずにやり過ごしている感じで、家族らしい何かとかひとつもなくて」

誰も本音を言わないから、けんかすら起きない。だからこそ、何が原因で、どう決裂して、なぜ母は死のうとしたのか——まるっきり全てが謎なのだ。

「俺はひとりっこなので、常に空気を壊さないことだけ考えてる感じで……だからその日のけんかもノータッチです。巻き込まれたくなくて、そのまま大学に行きました」

青野さんは、口元にこぶしを当ててしばらく考えたあと、首をかしげて尋ねてきた。

「お父様からは、そのけんかの内容については聞いていないのですか？」

「はい、何も教えてくれません。いつも必要最低限の会話だけなので。でも、入院費のために俺がバイトを増やしたら、父も渋々ですけど、新しい職場で働きだしました。なので、全く罪悪感がないってわけではないんでしょうけど、でも……、なんか、」

話しながら改めて、自分は父に対して良い感情を抱いていないのだなと認識する。

思わず眉間《みけん》にしわを寄せながら続けた。

「お酒の量がすごい増えて、いつだったか、『あいつが裏切ろうとするからこうなった』と、忌々しげに愚痴をこぼしていました。そういうのが嫌で、この春から大学のそばに引っ越して、ひとり暮らしをしています」

青野さんは、「なるほど」と言ったきり、黙ってしまった。そんな彼の表情を見て、俺は思った。

やっぱり、最後まで言わなければいけないのだ。せっかく真剣におばけの正体を考えてくれているのに、自分が本当のことを隠していたら、意味がないし、不誠実だ。

俺は、絞り出すように切り出した。

「あの……俺、自分で自分が変だと思うんです。母親が意識不明だって、普通ならすごい悲しいことなはずだと思うんですけど、あんまりそうは思えていなくて。親が死にかけているっていう事実が、それ以上でもそれ以下でもないっていうか」

青野さんは、目を細めて俺の顔を見た。

「だから、おばけに謝られる理由がないとおっしゃるのですね？」

やはり、青野さんにはお見通しだったようだ。

普通の感覚のひとなら、親が死線をさまよっている状態で毎晩おばけなんて出たら、自分にも何か関係があると思うだろう。

なのに俺の綺麗《きれい》ごと抜きの実感は、『もしそのことで謝りたいなら、母さん本人に謝ればいいのに』とか『俺に謝られてもどうしようもないからやめてくれ』とか。自分がすごく冷たい人間なんじゃないかと不安になってくるし、悩んでいる。

「普通、親ってもっと大事にしなきゃいけないと思うんですけど。俺、家族愛とか、そういうのがピンとこないんです。親が死にそうなんだから、自分も悲しくならなきゃって頑張ってるんですけど、どうやってもできないから……」

　想像通り、おかしな答えになってしまった。いつもそうだ。家族のことを話そうとすると、自分は変な奴なんだと白状するみたいになる。

　情けなくなって畳に目線を落とすと、青野さんは優しく声をかけてくれた。

「僕は、あなたはあなたなりに、お母様のことを想っていらっしゃると思いますよ。アルバイトを増やして入院費をまかなおうと行動を起こしたり、こうして見ず知らずの僕に相談をしてくださっているのですから。それに、お父様も。本音はどうあれ、目を覚まさない妻のために働いていらっしゃるのでしょう？」

　やわらかく微笑まれたら、それ以上何も言えなくなってしまった。

　ほんの少しの沈黙。そして青野さんは、静かに切り出した。

「事情は分かりました。解決への筋道も、なんとなく見えています。ただ、その怪異と交渉するためには、ひとつ見つけなければならないものがあります。そしてそれを見つけるために、あなたは、立ち向かわなければなりません」

　きっぱりと言い切った彼の目は、凜《りん》としていた。意志を宿した真っ黒な瞳《ひとみ》。見据えられて、たじろいでしまう。

「立ち向かうって……怪異にですか？」

おそるおそる聞くと、青野さんの答えは、予想とは全く違うものだった。

「いいえ。お父様にです」

ぱっと目を丸くする。

「目をそらして逃げている限り、取り憑《つ》いた怪異はあなたに謝り続けるでしょうし、お母様はいつまでも目を覚ましません」

動揺のあまり、言葉が出てこない。すると彼は、厳しかった目をすっと細め、やわらかく微笑んだ。

「僕もお手伝いしますから、一緒にお話ししに行きましょう？」

「……ありがとうございます。お願いします」

小さく頭を下げながら思う。本当は気づいていた。現実とか、親と話すこととか、自分はその全部から逃げているのだ、と。


青野さんの隣に布団を敷いてもらって、寝ることにした。

いつも起きるのは深夜二時過ぎ。いわゆる丑三《うしみ》つ時というやつだけど、怪異に詳しい青野さんならどうにかしてくれるのか、でも、おばけ退治はできないと、最初にはっきり言われたし……。

　そんなことを考えながら、いつの間にか眠っていたらしい。

『悪かったよぉ』

　目が覚めると、いつも通り正座の状態だった。動けないし声も出ない。

『許してくれ』

　じゃらじゃらと、小銭の音。

　すると、隣で寝ていた青野さんが、「うーん」と寝ぼけた声を出した。彼にも聞こえているのだろうか。なんとかして知らせたい、けれど、何もできない。

　弱々しい謝罪の声を我慢して聞いていると、視界の端で、青野さんがゆっくりと起き上がるのが見えた。

「もしもし。どなたかは存じませんが、今晩のところは勘弁していただけませんでしょうか。月彦も、もう謝らなくて結構だと申しております」

　怪異には失礼のないように。青野さんが言いたかったのはこういうことか。

　しかし、怪異の声は止まらない。『そうはいきやせん』『申し訳ねえ』と、いつもとは違って少し会話のようにはなっているものの、同じ謝罪を繰り返すだけ。

　そのたびに青野さんは、相手の機嫌を損ねないよう、丁寧に説得を試みていた……と思った、そのとき。

「べらんめえ！　下手《したて》に出てみりゃあ、いつまでもいつまでもガタガタと抜かしやがって！」

は？　えっ⁉

青野さん、なはずの声の主は、がばっと摑《つか》んだ枕を空中に向かってぶん投げた。

「この分からずやのこんこんちきめ！　てめえがいくら悪い悪いったってえ、こちとら迷惑千万、何の足しにもなりゃあしねえんださっさと失《う》せやがれ！」

怪異の声が止む。体が動いた。ぱっと振り返り、天井に向かってわめく青野さんを見ると、彼もこちらへ振り向いて……静かに目が合った。

一瞬の沈黙。すーっと真顔になる青野さん。そして、少し困ったように頬に手を当て、小首をかしげた。

「またやってしまいました……。お見苦しいところをお見せしてしまい、申し訳ありません。江戸っ子気質《かたぎ》なのか、どうにもこうにも気が短くて」

人間、驚きすぎると、文字通り言葉を失うらしい。知的で物腰やわらかだと思っていた青野さんの口から、あんな暴言の嵐が飛び出すなんて。

というか、『怪異には失礼のないように』というルールは、どうなってしまうのだろうか。

「あ、あの……俺に取り憑いてるあのひと、怪異、怒らせちゃったんじゃないですか……？」

怯《おび》えながら尋ねると、青野さんはちらっと天井を見てから、優雅な微笑みをたたえて答えた。

「大丈夫です。僕の身内が気が合うようで、いまごろ機嫌をとってくれているはずですので」

「身内、というと？」

「その説明を始めると夜が明けてしまいますので、きょうのところはやめておきましょう。さ、お休みください」

そう言いながら、投げた枕を回収し、さっさと布団にもぐってしまう。俺も、頭が大混乱のまま、黙って布団にもぐり込んだ。

翌日。夕方に青野さんと待ち合わせをして、俺の実家がある八王子《はちおうじ》市へ向かっていた。

中央《ちゆうおう》線の車内。つり革に摑まった青野さんは、真面目な顔で言った。

「お母様の自殺未遂の原因は、お父様から贈られたプレゼントです」

「えっ？　母は、プレゼントをもらったのが嫌で死のうとしたんですか？　そんなことあります？　というか、父が母に何か贈るなんて、一回も見たことないですよ」

父が母に優しさを見せるところなんて、想像がつかない。ましてや贈り物なんて……

…。

青野さんは、思案する俺の顔を覗《のぞ》き込んだ。

「怪異が悔いているのは、お父様へプレゼントを贈るよう勧めてしまったことだと思います。そのせいでこんなことになってしまって、申し訳ないという気持ちで桜木さんに取り憑いているのでしょう。許してもらえたと怪異自身が納得するまで、続くでしょうね」

「許すもなにも、何が起きたのかも知らないのに、どうしようもないです」

と答えたところで、ようやく気づいた。

父に立ち向かえと言うのは、その日何があったのかを逃げずに聞かなくてはならないと……彼はそういうことを言いたかったのだろう。

合点がいった俺の表情を見て、青野さんも安心したらしい。微笑みつつ、うんうんとうなずいてくれた。

「きちんと話せば、必ず伝わります。あとは問題の捜し物が見つかるかどうかですが……これは運しかありません。でもきっと大丈夫。頑張っているひとのことを、お天《てん》道《と》様はいつも見ていますからね」

青野さんには駅前の喫茶店で待っていてもらうことにして、俺はひとりで実家へ向かった。

母のお見舞いは交代で行くことにしており、父と対面するのは久しぶりだ。幼い頃から本音で話すことを避けてきた父と、うまく話せるだろうか。

緊張しつつ、ダイニングテーブルの向こうに座る父に、重苦しく切り出した。

「俺、母さんの自殺未遂の動機が知りたいんだけど」

父は、面食らったような顔をした。

「……なんだ、急に帰ってくるなんて何かと思ったら。知るかよ。遺書も何もねえんだから」

話を終わらせようとする父を、早口で問いただす。

「父さん、バレンタインにプレゼントしたでしょ？」

父は、口を半開きにして固まった。ややあって、眉間《みけん》にしわを寄せる。

「してねえよ」

「嘘。したでしょ。何をプレゼントしたのかを知りたい」

父は何も言わずに立ち上がった。こういうところが嫌いだ。でも俺は、なるべく感情的にならないよう、静かに尋ねた。

「もしかしたら母さんは、父さんがショックを受けるようなこと言ったかもしれないけど、多分それ、悪気があってのことじゃないから。だから、何を贈ったのか教えてください」

父は、俺の目をじっと見下ろしたあと、再びいすに座った。

「なんでそんなことが分かるんだ？　お前あの日、あいつとひと言もしゃべってねえって言ってただろ」

「うん、話してない。でもそうなんだ。信じてくれないと思うけど」

「当たり前だ。信じるわけねえだろ」

「じゃあ……いまから俺、父さんのプレゼントに関して、大事なことをひとつ言い当てる。もし当たってたら、何を贈ったか教えて」

挑むような目で見据える。父はしばらく黙ったあと、言ってみろとばかりに、無言であごをしゃくった。

「ある日父さんは、夢を見た。江戸時代の魚売りに話しかけられる夢。魚売りは、『河川敷に革の財布が落ちているから、それを拾って妻にプレゼントを買え』と言った。父さんは言われた通りに川へ行って財布を拾い、プレゼントを買って、バレンタインの日に母さんに渡した。そして翌朝母さんは、『そんなものもらっていない。夢だったんじゃないの』と言った」

ひと息に言ってしまったら、途端、泣きたくなった。父は目を見開いたまま、完全にフリーズしている。

「当たり？」

「なんで……」

絞り出すような声でつぶやく。俺だって知らない。青野さんにそう言うように言われただけだ。

「当たりなら、約束通り教えてよ」

父は苦悶《くもん》の表情を浮かべたあと、長くため息をついて目を伏せた。

「全部当たりだ。買ったのは指輪だよ。財布に入ってた三十万丸ごと使ってな」

吐き捨てるように言った父は、毒気の抜けた目で俺を見た。どういうことかと聞きたいのだろう。俺は、真顔のまま首をすくめた。

「俺も夢に出たんだ。指輪、絶対家のどこかにあるよ。一緒に捜そう」


思えば、父と一緒に何かをするなんて、ほとんどしたことがなかった。

すぐに仕事を辞めたり、二、三日ふいっといなくなるような、気分屋のひと。

俺のことはまあ可愛がっていたのかもしれないけれど、実感としては、自分が機嫌のいいとき、気が向いたときにかまうだけで、育児という点にはまるで興味がなかったように思う。

そんな父に振り回される母は、いつも余裕がなさそうで、だから結果的に、母からちゃんと愛情をもらったかと考えると、それも微妙だ――『愛情』が何なのかもよく分からないのに、語れることではないかもしれないけれど。

「母さんが貴重品をしまいそうなところ、なんかある？」

「知るか」

ぶっきらぼうに言いつつ、がさごそと母のたんすを漁《あさ》っている。俺も、頭から突っ込むようにして物入れの中を探る。

しかし、小さな指輪を、二十五年分の荷物があるこのアパートから見つけられるだろうか――いや、絶対に本人の前で見つけないと。

「天袋かあ？」

父は首に手を当てながら、かったるそうに見上げた。何かを出し入れしているところなんか見たことがない、入れっぱなしの物入れだ。

脚立を持ってきて、俺が下を支え、父が上って引き戸を開ける。

「段ボールだらけだな」

「全部出してよ」

降ろしてきた段ボールはどれもすごく重たくて、でも、中身を見たら納得した。アルバムに、俺が幼稚園や学校で作った工作やら絵やら……。

「こんなもんまでとっといてたのか」

呆《あき》れたようにつぶやく父がつまみ上げていたのは、ピンクの花柄のエプロンだった。

「新婚のときに買ってやったんだよ。何年も着てて、いい年こいて見苦しいから捨てろっつったんだけどなあ」

嫌そうな顔でぽいっと投げ捨てる。俺は正直、母がこんな風に思い出の品をとっておいているなんて、驚いた。

冷え切った両親が離婚しないでいたのは、母が嫌々我慢していたからだろうと思っていた。でも一応、母は母なりに、家族を大事にしていたのだろうか？　俺の目には、家庭の形を維持することだけに必死だったように映っていたけれど。

そんなことを考えながら、別の段ボールの中を漁っていた、そのとき。

「あ……あった」

父が段ボールから取り出したのは、手のひらサイズの小箱。ぱかっと開けたら、真新しい指輪が鎮座していた。小粒のダイヤモンドがぐるりと一周埋め込まれて、きらきらと輝いている。

「本当にありやがった。あいつ、なんでもらってないなんて言ったんだ……？」

ふたりで静かに、箱を覗《のぞ》き込む。しばらく考えたあと、俺はぽつっと言った。

「母さん、これ、泥棒してきたんだと思ったんじゃないの？　だって正直、父さんそんなお金持ってなかったでしょ」

　実際、拾った財布の中身で買っているのだから、泥棒には違いない。父は黙ったまま指輪を見つめている。

「けんかのとき、母さん、盗んだんだろうとか言ってた？」

「いや……もらってない、夢だ、の一点張りだった」

　俺はふーっと長く息を吐いて、天井を仰いだ。

「もしかしたら、内緒で警察に届けるつもりだったのかも。きっと母さん、指輪もらってうれしかったんだよ。でも父さんが自力で買ったわけないって分かってたから、持ってるわけにいかなくて、でも本人にそんなこと言えないから、夢だったで押し通そうとした。とか」

　父はそっぽを向く。

「ねえ、なんで『裏切った』って思ったの？」

　素直な疑問を投げかけてみる。父は首をぼりぼりと掻《か》いたあと、ばつが悪そうに言った。

「あれとは別に、ちょっといいワインを買ってきたんだよ。そっちは完全に俺の自腹だ。あいつ、酒弱いだろ。なのに俺のペースに合わせて飲んで、へらへら笑って、うれしいだのありがとうだの、散々言ってたんだ。なのに朝になったら、もらってねえ、飲み過ぎだ、夢だって。そんで……まあ、いいや。とにかくあいつは裏切り者だ」

自殺をしてしまうほどのけんか。父が母にどんな言葉を浴びせたのかは、分からない。でも多分、父は父で、喜ぶ母の姿を見て、うれしかったのではないだろうか。だからこそ、もらっていないと言われたのを裏切りと感じ、罵《ののし》ったのだろう。

「どうする？　指輪。もし母さんが目を覚ましたとして、落ちてた財布のお金で買ったって分かったら、これ受け取ってくれるかな」

父はしばらく考えたあと、ぽつっと言った。

「財布はまだ持ってる。免許証が入ってたから、持ち主も分かってる。三十万貯まったら返すよ」

驚きのあまり、返事に詰まってしまった。どうしようもないと思っていた父から、そんな言葉が出てくるなんて。

ふっと、青野さんの顔が浮かんだ。お天道《てんと》様は見ていた——まさにその通りだったのかもしれない。


長いこと待たせてしまった青野さんと合流したのが、午後九時過ぎ。父が財布を拾ったという河川敷に向かう。

道すがら一部始終を伝えると、青野さんは、うれしそうに何度もうなずいた。

「指輪も無事見つかって、お父様とも少し会話ができて、良かったですね」

河川敷に着くと、青野さんはきょろきょろと辺りを見回してから、護岸ブロックに座った。俺もこわごわ、その隣に座る。

「さて。それでは、桜木さんに取り憑《つ》いた怪異にお話をうかがいましょうか」

「話って……あの、出てくるんですか？　怪異が」

「ええ。直接お話しして、離れていただきましょう」

青野さんはこほんと咳払《せきばら》いをし、呼びかけた。

「恐れ入ります。『芝浜《しばはま》』の勝五郎《かつごろう》さん、いらっしゃいますか？」

ざわっと草むらが揺れて現れたのは、この一ヶ月間毎日出てきたあの商人だった。

「うわあっ！」

恐怖のあまり転がり落ちそうになるところを、地面に手をついてまぬがれる。しかし顔を上げられない。

「おれのことかい」

「ええ、そうです。よければ少し、お話ししませんか」

俺の怯《おび》えようとは裏腹に、青野さんは、普通に人間と話しているようだ。

こわごわ様子をうかがうと、怪異は半透明で青白く、くるぶしから下がなくて浮いていた。いままで見ていた姿より、はっきりと見える。

青野さんがちょいちょいと手招きすると、勝五郎と呼ばれたひとは、手に持っていた釣りざおを置いて、すうっと目の前までやってきた。

「桜木親子の指輪捜しは、ご覧になりましたか？」

「ああ、見てたよ。とんでもねえことをしちまったと後悔しきりだったんだが、勘違いが解けたようで、ほっとしたよ。悪かったなあ」

　会話が成立している。驚くべきことながら、言葉が通じるなら大丈夫かと、少しほっとする。

「勝五郎さん。三つほど、理由をお聞かせ願いたいことがあるのですが、よろしいでしょうか」

「何でも聞いてくれ」

「まず、彼のお父様にプレゼントを渡すよう勧めたのはなぜですか？」

　勝五郎さんは、「ああ」と言って、申し訳なさそうに俺と青野さんの顔を見比べた。

「本当にただのお節介だよ。道でお前のおとっつぁんとすれ違ってなあ。昼間っから酔っ払って、どうしようもねえ奴だと思ったもんで、ちょいと心の中をのぞいたら、あんまりにもおれと似たような性分で、こりゃあお灸《きゅう》のひとつでも据えられた方がいいやと思ったってわけだ」

　青野さんは、ふんふんとうなずきながら次の質問に移った。

「それから、お母様が『夢だった』で押し通そうとしたのは……あれも勝五郎さんの助言ですか？」

「そうだよ。っつったってえ、『旦那《だんな》からものをもらったら夢と言え』なんて野暮なことは言ったらいけねえと思って、『困ったときにゃ、夢だったで押し通せ』と言ってやったんだ。半端な入れ知恵で、とんでもねえことになっちまった」

肩を落とす勝五郎さんに、青野さんは最後の質問をした。

「それで、これが一番不思議なのですけど。なぜあなたは、ご両親ではなく、息子さんに取り憑いたのですか？」

勝五郎さんは、俺の方をちょっと見たあと、青野さんに向き直った。

「子供が不憫《ふびん》でなあ。旦那の方は一応改心して働き出したから、下手に謝ったら『自分のせいじゃなかった』っつって辞めちまうんじゃねえかと思って、そのまんまにした。けど、息子の方は放《ほ》っとけなくてな。だあれにも相談もしねえでひとりで抱え込んでんのを見たら、謝らずにはいられねえと、そう思ったんだよ」

正直に言えば、毎晩あんな風にして謝られるのは迷惑でしかなかった。けれど、色々と後悔しながら自分なりに罪を償おうとしていたのだとしたら、責めることはできないなと思った。

「勝五郎さん、ひとつお願いがあるのですが。お母様を目覚めさせることはできないでしょうか」

青野さんが尋ねると、勝五郎さんは、うんうんとうなずいた。

「あっちはそろそろ目ぇ覚ます頃だよ。倒れた日から、うちのカカァが付きっきりで看病してんだ。いい医者も見つけて、毒消しの薬も飲ましてるみてえだから」

「そうでしたか。それは安心です」

青野さんが頭を下げるので、緊張しつつ、同じようにぺこりとお辞儀をする。勝五郎さんは、申し訳なさそうな顔で言った。

「ほんとに、悪かったなあ」

「い、いや。大丈夫です。十分気持ちは伝わりましたし、なんというか……その、親とちゃんと関わったのが……いい機会だったので」

自殺未遂がいい機会とは、不謹慎な言い方かもしれない。けれど俺は、貧相な想像力だけで思い描いていた『家族』に、ほんの少し興味が持てそうな気がしたのだ。

「おっかさんは、あしたきっと目を覚ますよ」

そう予言して、勝五郎さんは消えていった。

河川敷は、何ごともなかったかのように静かだ。青野さんは首をかしげて微笑んだ。

「よかったですね。無事離れていただけて」

「はい。でもなんか、勝五郎さんが父にプレゼントを勧めた理由は、あんまりピンときませんでした。なんで母にプレゼントを渡すことが『お灸を据えること』になるのかが、よく分からなくて」

正直に伝えてみると、青野さんはポケットからスマホを取り出し、音楽アプリを起動した。曲一覧は、全て落語。

「あの方は、『芝浜』という、有名な人情噺《ばなし》の主人公です。ろくに働かずお酒を飲んでばかりで……彼の言う通り、あなたのお父様に少し似ています。聴いてみますか？」

イヤホンの片方をもらって、耳にはめる。青野さんがもう片方をはめて、再生ボタンを押した。

芝浜の話の筋はこうだ。

酒好きな魚売りの勝五郎さんは、奥さんに怒られて仕事に出かけると、芝の浜で、大金の入った革の財布を拾った。勝五郎さんは、真面目に働くと誓ったばかりなのに、友達を呼んでどんちゃん騒ぎの酒盛りをした。しかし翌朝、お財布のことを奥さんに聞くと、『そんなものはない、夢だったのではないか』と言われる。

勝五郎さんは、使ってしまった代金を稼ごうと心を入れ替えて、熱心に働くようになった。奥さんは、本当はお財布を持っていて、勝五郎さんに改心してもらうために『財布を拾ったのは夢だ』と言っただけ。夫は真面目に働くようになって、平和な家庭になった……というのが、夫婦の人情噺、芝浜だった。

イヤホンを外した青野さんは、目を細めて微笑み、解説してくれた。

「要するに勝五郎さんは、自分と同じようにお財布を拾って帰れば、奥さんがそれを隠してくれるので、あなたのお父様も改心できると……そう考えたのだと思います。お財布そのものではなくバレンタインデーのプレゼントをと言ったのは、きっと当世風にするのが良いという、江戸っ子の粋《いき》な計らいのつもりだったのでしょうね」

とんだお節介だったのか、はたまた、神様がくれたチャンスだったのか。母が目を覚ますまでは、はっきりとは分からないけれど。

「もし良ければ、また会いに来てくださいませんか？　お母様の目が覚めて、落ち着いた頃でかまいませんので」

「はい。もちろんです。必ずお礼に行きます」

深々とお礼をすると、青野さんはなぜだか、少しはにかんでいるようだった。


あれから一週間経った日の夜、俺は青野さんの家を訪れていた。

勝五郎さんの予告通り、翌日母は、四ヶ月ぶりに目を覚ました。何の異常も後遺症もなく、医者には奇跡と言われた。いまは、寝たきりだったために落ちた筋力や食事のリハビリを、少しずつ進めている。

「母に、父が新しい仕事を始めたと伝えたら、少しうれしそうにしていました。結局、あの日何があったのかはまだ聞けていなくて、どんな追い詰め方をしたんだっていう父への不信感はあるんですけど……でも俺もなんか、もう少し家族に対して向き合った方がいいかなと思っているので、いつかチャンスがあれば、聞きたいなとは思っています」

　青野さんは、穏やかな表情でうなずいた。

「勝五郎さんの作戦は、危ないところではありましたが、一応彼の期待したような形にはなったのかもしれませんね。ご両親の変化の兆しも、あなたが前へ進もうとしているのも」

「はい。それもこれも全部、青野さんのおかげです。ありがとうございました」

　ぺこっと頭を下げると、彼は「いえいえ」と言って胸の前で小さく両手を振った。

　青野さんが、優雅な仕草でお茶をすする。聞くならいまかなと思い、おずおずと口を開いた。

「あの、青野さん。ひとつ聞きたいことがあるんですけど」

「はい、何でしょう」

「ここへ泊まったときに、勝五郎さんに怒鳴ったあと、『身内が機嫌をとってくれているから大丈夫』みたいなこと言ってたじゃないですか。あの身内って、誰のことなんですか？」

彼は「ああ」と言って、両手を静かに合わせた。

「僕にも憑いているのですよ。なんにもしない怪異が」

「えっ？　こ、この部屋にいますか？」

「ええ。なぜか彼だけは、姿が見えず声も聞こえないのですけど。でも、普段から失礼のないよう親睦《しんぼく》を深めておりますので、どこにいるかや何をしているかは分かります」

それと、と言って青野さんは立ち上がり、文机《ふづくえ》の上に置いた箱を持ってきた。

「花札だけはできます。新三郎《しんざぶろう》、やりますか？」

青野さんが空中に向かって声をかけると、すうっと何かが横を通る気配がした。

「あ……っ、その怪異、いまその辺にいますか？」

「おや、やっぱりあなたは感じますか」

青野さんは、うれしそうに俺を見たあと、箱から花札の束を取り出した。自分の目の前と、向かいに座る俺の少し横に、札を並べていく。

するとなんと、俺の横の札がぷかっと宙に浮き、トランプをするときのような扇形になって、ふわふわと空中に浮いた。

「彼は萩原《はぎわら》新三郎といって、怪談噺の『牡丹灯籠《ぼたんどうろう》』に出てくる浪人の若者です。幽霊のお露《つゆ》という女性に呪い殺されてしまうひとなのですが……これがなぜだか、五年ほど前から僕に取り憑《つ》いています。おそらくお露さんを探しているのだろうと思い、研究のかたわら、僕も彼女を探しています」

　そう言って、畳の上に八枚の札を並べ、真ん中に裏側へ伏せた山を置いた。

「勝五郎さんと気が合ったというのは？」

「新三郎は穏やかな人物なので、うまく機嫌をとってことをおさめてくれます。僕の短気なところを助けてくれる、良き友です」

「あ……じゃあ、怖くないんですね。よかった」

　青野さんはちょっと微笑みながら、手元の札を一枚抜いて、畳の上に置かれた同じ絵の札に重ねた。山からもう一枚取る。豪華な菊にお酒の盃《さかずき》が描かれた札だ。畳の上の菊に重ねて、四枚を手元へ。

「ところで桜木さん。つかぬことをお聞きしますが、お誕生月はいつです？」

「九月ですけど」

　意図の分からない質問に首をかしげつつ答えると、青野さんはぱっと顔を上げ、満面の笑みで声を弾ませた。

「そうなんですね。もしそうだったらいいなと思っていたのですけど、本当に九月生まれだなんて。僕はいままで、あなたほど縁起のいい方を見たことがありません」

　新三郎さんが札を取り終えたところで、青野さんは手札から桜を抜き取り、畳の上の豪華な桜に重ねた。

「花見酒。幸先《さいさき》がよろしい」

　満足そうにつぶやいて、取った札を手元に集める。

「俺が縁起がいいって、なんですか？」

「桜木月彦さん。九月生まれ。あなたのお名前と誕生月で、役がふたつ揃《そろ》います」

　青野さんは、手元の札をトントンと指さした。

「花札には十二種類の絵柄のくくりがあって、それぞれ何月の札かが決められています。九月は菊。そして、同じ月札の中でも強さがあって、絵が豪華なほど強い役になり、質素なものは『カス』と呼ばれます。それで、これ」

　指さしたのは、二枚の札。

「こちらが、菊の一番強い札です」

　先ほど取った、豪華な菊にお酒の盃が描かれた札だ。

「それから、こちらが桜の一番強い札」

　華やかな桜の下に、紫の幕がかかっている。

「このふたつが揃うと、『花見酒』という役になります。そしてもうひとつ」

　畳の上に置かれている、満月の札を指差した。

「月と盃と合わせれば『月見酒』になります」

桜木月彦、九月の菊。花見に月見で、たしかに、縁起がよさそうだ。

ぱたぱたと、畳の上で札が重なる音がする。風流な遊びで、青野さんらしいな……と見守っていた、そのとき。

「おい、てめえ！　さっきっからちまっちまと一文二文で稼ぎやがって！」

「あ、青野さん⁉」

また豹変《ひょうへん》した。ついさっき、『失礼のないように親睦を深めている』と言っていたのに……！

「てめえも江戸っ子なら博打《ばくち》しやがれってんだ！」

「青野さんってば！」

絶叫したところで、立ち上がりかけていた彼はすとんと元の座布団に戻り、真顔で口元にこぶしをあてた。

「……またやってしまいました。でもご安心ください。新三郎とは毎晩こんな感じですので、仲は良いのですよ」

そんな、何ごともなかったかのように上品に笑われても……。

戸惑いつつ、こくこくとうなずいた。

しばらく、ふたりが花札で遊ぶのをぼーっと見ていた。

　空中から札がまっすぐ降りてきて、畳の上の札に重なる。畳の上の札が、すすすと動く。それを見て青野さんは、楽しそうに誰もいない方向へ話しかける。返事はない。なのに青野さんは、楽しそうだ。

「なんか、不思議な光景ですね」

「そうでしょう？」

　こちらに振り向いて、くすくすと笑う。

「目に入っているのは青野さんひとりなのに、遊んでいるのはちゃんとふたりに見えて……なんか、変な感じです」

　こんなこと、この世にあるんだな。なんてぼけっと考えていたら、青野さんが、こほんとひとつ咳払《せきばら》いをして、こちらに体を向けた。

「桜木さん。もしよければ、僕の怪異の研究を手伝ってくださいませんか？」

　驚きのあまり、「えっ！」と声を上げて後ずさる。

「えっと、怪異の研究って……おばけを捕まえるんですか？」

「いえいえ、捕まえるわけではありませんよ。ただ、怪異にお悩みの方からお話をうかがって、どんな演目の登場人物がそうなっているのか……できれば勝五郎さんのように、その怪異とお話ができればいいのですけど」

　青野さんは楽しそうに笑うけれど、全然、楽しいわけがない。

おばけのせいで散々な目に遭って、やっと解放されると思ったのに、わざわざ自分からおばけ探しに行くなんて嫌すぎる。新三郎さんがなんにもしないというのは分かったけれど、他の怪異は怖いかもしれない。

どう断ろうかともごもごしていたら、青野さんは、札の扇で口元を隠してふふふと笑った。

「もちろん、謝礼は差し上げますよ。お母様の療養にご入用でしょうから、いまなさっているアルバイトより少し色をつけて。いかがです?」

うっ……と、ますます言葉に詰まってしまう。

彼の言うことはもっともで、母の入院費がかさんでいるし、無理やりシフトを増やしているスーパーのバイトは、本当は一刻も早く辞めたい。性格的に向いていなさすぎる。でもだからって、おばけ探しなんか。

迷っているのがばればれなのだろう。青野さんは、俺の目をじっと見た。

「正直に申し上げましょうか。僕は、あなたのことが、のどから手が出るほど欲しいのですよ」

「はい……?」

訳が分からず困っていると、青野さんは、ほんわりと微笑んで言った。

「僕は、こんなにも怪異と意思疎通ができるひとに、初めて会いました」

「いや、たまたまですよ」

　ぶるぶると首を横に振ったけれど、青野さんは穏やかな表情のままだ。

「最初に言いましたけれど、僕も、普通の幽霊や妖怪《ようかい》は見えません。江戸落語にまつわる怪異しか見えないのです。そして、落語の怪異は、普通のおばけに比べたらうんと数が少ないのですよ。意味はお分かりになりますね？」

　じーっと見られて、ぎこちなくうなずいた。要するに、いままではたまたま落語の怪異に出会っていなかっただけで、本当は見えるのだ、と。

「最初にお悩みをうかがったときに、怪異がはっきり見えているとおっしゃっていたので、素質があるのではないかと思っておりました。それにいま、新三郎が何をしているかもよく分かっていらっしゃる」

　ふいっと横を見る。姿は見えないけれど、花札の続きが始まるのをじっと待っている感じがする、ような。

「体質的にも申し分なく、そして何より、縁起がいい。江戸っ子はげん担ぎが好きですから、二役揃うあなたが欲しくて仕方がない」

　いたずらっぽく笑う青野さんは、首をかしげて俺の答えを待っている。

　どうしよう。バイト代は欲しい。青野さんには恩もあって、お願いを無下にできない。でもおばけは怖い。

悩んでいると、青野さんは、ふと台所の方へ振り返った。

「ああ、そういえば。ごめんなさい、ちょっと待っていてくださいね」

手に持っていた札を伏せて置き、さっさと台所へ行ってしまう。取り残されてぽかんとしていると、何やらお盆を持って戻ってきた。

「ちょっと煮てみたのですけど、味見していただけませんか？」

座卓の上に置かれたのは、小皿に載ったひじき煮。言われるままにひと口食べると。

「……お、おいしい……なにこれ……」

泣くかと思うくらいおいしかった。そして、五秒でお皿がきれいになる。感動の眼《まな》差《ざ》しでぱっと見上げたら、青野さんはちょっと恥ずかしそうに笑っていた。

「まかないつきのアルバイト、いかがですか？」

「やりますっ」

怪異の怖さにひじき煮が勝った……というのもあるけれど。なんだろう。なんだかじわじわと、真っ正面から必要とされたことへのうれしさがこみ上げてきた。

「ありがとうございます。よろしくお願いしますね」

「こちらこそ、役に立つか分からないですけど、よろしくお願いします」

ぺこりと頭を下げると、青野さんもうれしそうににっこり微笑み、頭を下げた……

と、そのとき。横でぱたっと音がした。

「ん？」

ふたりで音のした方を振り返ると、新三郎さんの手元には、何やら豪華な札がたくさん揃《そろ》っていて……。

「こんの、イカサマ野郎っ！」

ざっと摑《つか》んだ札を床に叩《たた》きつけ、何もない空中へ飛びかかる青野さんを、大声を上げて制止する。

「お、落ち着いて！　落ち着いてくださいっ！」

必死で服の裾《すそ》を引っ張りながら、天井を仰いだ。

怪異探しと青野さんをいさめるのと、どっちが大変だろう……？

二章　皿屋敷

不思議なアルバイトのため、週に三日ほど、千代田線に揺られるようになった。

正直仕事は、めちゃくちゃ楽だ。

最寄りの四ツ谷駅から根津駅までは二十分くらいだし、主な仕事はツイッターのDMに寄せられる怪異情報の整理。夕飯には感動的においしい手料理をいただいて、ついでに作り置きのおかずまでもらって帰る。

俺は青野さんのことを、下の名前、短《みじか》さんと呼ぶようになり、短さんはなぜか俺のことを……。

「ぴこさん、ごはんですよ」

「あ、はい。行きます」

エクセルファイルを保存し、座卓へ。ほかほかの焼き魚と、自家製だというきゅうりのぬか漬けを見て、お腹がぐうと鳴る。

ふたり向かい合って手を合わせてから、味噌汁《みそしる》をすすっておいしさのあまり悶絶《もんぜつ》……

…というのが毎度の食事風景で、短さんはその様子をおかしそうに眺めている。

トークスキルゼロの俺だけど、短さんとはスムーズに話せるようになった。

「あの、前から気になってたんですけど、『青野短』って、本名ですか？」

何の気なしに聞いてみたら、短さんはちょっと驚いたあと、眉根《まゆね》を寄せて笑った。

「まさか。自分でつけた筆名ですよ。名字はそのままですけど」

「じゃあ『短』の由来は何なんですか？」

「花札で、青の短冊を三枚集めると『青短』という役になるのと、短気な性格をかけたしゃれです」

青の短と、短気の短。欠点さえも粋に見える、江戸っ子の言葉遊びらしい。

「本当、花札好きですよね」

「そうですね。名刺に牡丹《ぼたん》と蝶《ちょう》をあしらっていますが、あれは僕が六月生まれで、六月札の牡丹で一番強いのが『牡丹に蝶』だからです」

ツイッターのプロフィール欄に『花札狂い』とあったけれど、まさにそれだと思う。

「それで、めぼしいものはありましたか？」

仕事の話だ。

短さんは、ツイッターのＤＭで『夢枕におばけが立つ方』を募集していて、俺はその情報を整理し、エクセルにまとめている。

　しかし、送られてきているものの多くは『不幸続きだから見て欲しい』といった内容で、実際に怪異らしきものに話しかけられたわけではなさそう。

　なかには、姿を見たというものもあるけれど、それが江戸落語の怪異なのかは、勉強中の俺にはまだ判断ができない。

「きょうはＤＭが十件来ました。お祓《はら》い希望が二件、女性からのファンレターが六件、講演の依頼が一件、怪異っぽい相談は一件だけありましたけど、本当の話かは分からないです」

「お仕事と怪異の話以外は、返信をしておいていただけますか？」

「はい。ただ……ファンレターが一通めちゃくちゃ長いんですけど、それもテンプレでいいんですか？」

「ええ、他と同じようにお願いします」

　すまし顔で、魚の身をほぐす。

　お祓いを断るのもファンへの返事も、テンプレ文章から選んでぺたっと貼るだけなので、意外と彼はしたたかだ――とてもテンプレだとは思えないほど丁寧な文なので、さすが文筆家だとは思うけれど。

「それで、怪異はなんと？」

「DMの送り主は女子高生で、夢に出たのは着物姿の女性の幽霊。日常でも色々危ないことに遭ってるみたいです。偶然にしては多すぎるかなっていう感じでした」

　何の怪異だろうか。昔の怪談だから着物姿なのは当たり前だし、そんなおばけは山ほどいるだろう。

　それに、少しずつ落語の勉強を始めて分かってきたことなのだけど、ひと口に『怪談』と言っても、ルーツが落語とは限らないらしい。地方の伝承だったり、能、歌舞伎、浄瑠璃《じょうるり》、絵画など、別の分野で有名になったものもある。

　子供の頃から知っている『怖い話』は、結構色々ミックスされたもののようだ。

「ぴこさん。依頼者の方のツイートをさかのぼって、どのような生活を送られているのかをまとめておいていただけますか？　僕は三日ほど、別の仕事にかかりきりになりますので」

「分かりました」

　短さんはとかく忙しい。

　怪異関連とは別に、江戸文化や落語にまつわる本や記事を書いたり、時代劇や漫画の監修、講演、たまにメディア出演などをこなしており、『ご依頼いただいたものは基本的にはお断りしません』という主義らしい。

　そして、一日一回は花札をしないと、気持ちが悪くて眠れないのだという。

土曜日、正午。俺たちは江《え》ノ電《でん》に揺られて、由比《ゆい》ヶ《が》浜《はま》に向かっていた。

Tシャツにリュック姿の短さんは、さながら小旅行といった感じで、ちょっと楽しそう。

他方俺は、約一時間前、東京駅を出たあたりからずっと、言いたくて言いたくて仕方がないことがあった。でも、短さんが間違えるわけがないし、つっこむべきではない。

そう思ってずっと我慢していたのだけど……車窓いっぱいのさわやかな夏の海を見たら、言わずにはいられなかった。

「あの。江戸じゃなくないですか？」

「ええ、鎌倉《かまくら》です」

当然のように言われてしまった。そりゃそうだ。気づいていないわけがない。

「江戸落語の怪異なのに、江戸以外の場所でも出るんですか？」

「交通網の発達した時代ですからね。電車に乗る怪異もいますよ」

短さんは怪異のことを『人間が思う以上に知能が高い』と説明していたけれど、そんなに普通に現代の技術を使いこなしているのかと、驚いた。

　由比ヶ浜駅のほど近くにある小さな喫茶店で、ＤＭの送り主、竹本莉奈《たけもとりな》さんと対面した。

　くるくると巻いた長い黒髪に、濃いメイク、そして健康的な肌色が海によく似合う感じの……ギャルとまではいかないけれど、こんなことでもなければ、俺みたいなのとは一生話すことはないタイプのひと。

　気軽な感じで「莉奈って呼んでください」と言われてしまい、度胸試しでもさせられている気分だ。

「早速本題なのですが。いただいたＤＭを見るに、なかなか災難続きですね」

「そうなんです。大事な日に限って、邪魔が入るみたいに」

「大事な日、と言いますと？」

「いま、高三で就活中なんですけど、面接に行こうとすると必ず、怪我したり電車が遅れて行けないとかが何回もあって。だから、なんか呪われてるんじゃないかって」

　ひとつひとつは大したことではないけれど、大事な面接のたびにとなると、呪われたり邪魔されていると感じるかもしれない。

　短さんは、神妙な面持ちでゆっくりうなずきながら聞いた。

「それはいつ頃からですか？」

「六月の頭ですね。もう一ヶ月になります」

「その前後で、何か変わった出来事はありませんでしたか？」

莉奈さんは、眉間《みけん》にしわを寄せながら言った。

「バイト先のカフェバーをクビになったのが始まりです。いや、そもそもクビになったこと自体が、何か呪われてたのかもしれないんですけど」

「と言いますと？」

「完全に濡《ぬ》れ衣《ぎぬ》でクビになったんですよ。オーナーの奥さんが大事にしてたお皿が割れて、それがなぜかあたしのせいってことになって、その場でクビ。ほんとは卒業したらそのまま正社員になる予定だったんで、超へこんで帰ったら、その日の夜に、幽霊が出たって感じです」

短さんは、少し目を細めて首をかしげた。

「その幽霊はどんな姿でしたか？　何か言っていました？」

「一瞬だったんですけど、もうほんとありきたりな、白い着物で長い黒髪の女のひとです。なんにも言わずにただニタニタ笑ってました」

「出てきたのはその一度きりですか？」

「はい、幽霊自体は一回見ただけですけど、でもその後は不幸続きなんで」

短さんは、ちょっと表情を曇らせた。

「莉奈さん。このままですと、本意ではないお仕事に就くことになるかもしれません」

「えっ？　どういうことですか？」

驚いた莉奈さんが不安げに聞くと、短さんは一瞬目をそらしてから言った。

「申し上げにくいのですけれど……女性特有のお仕事で、奴隷労働のような。逃げたくても逃げられない状況の」

莉奈さんは絶句して、目を丸くしている。俺は短さんにこそっと耳打ちした。

「もう何の怪異か分かったんですか？」

「ええ、見当はつきました。お皿が割れて化けて出る、女性の幽霊。ぴこさんも心当たりがあるでしょう？」

ああなるほど。いちまーい、にまーいのお菊《きく》さんだ。

「ただ、憶測でものを言ってはいけませんし、少々恨みが強そうなので、失礼のないようにことを進めないと、取り返しがつかなくなります」

莉奈さんは、うろたえながらテーブルに身を乗り出した。

「奴隷って？　どういうことですか？」

「たとえば、体を売る仕事とか。もちろん、そういう職にプライドを持って取り組んでいる方もたくさんいらっしゃいますが、あなたの場合は逆に、人としての尊厳がボロボロになってしまうような環境へ転がってしまうかもしれません」

決まっていた正社員の仕事をクビにして、さらに面接の邪魔をしまくって、ブラックな仕事に就かせる。怪異がそんなことを？　それをして何になる？　全然理由が分からない。

頭を抱えた莉奈さんは、混乱したように言った。

「どうすればいいんですか？　お金払ったらお祓《はら》いしてくれるんですか？　って言っても、バイトしてないからお金ないし」

うつむき悩む莉奈さんに、短さんは、穏やかに声をかける。

「いえいえ、お金は要りませんよ。ただ、おばけ退治より先に、あなたの濡れ衣を晴らさないと。というか、その誤解が解ければ自然とおばけはいなくなりますので」

「いや……もうクビになって一ヶ月経ってるし、二度と顔見せるなってオーナーに言われちゃってるんで。誤解なんか解けないですよ」

短さんは、優しく微笑んで言った。

「大丈夫ですよ、僕たちが必ず解決しますから。まずは、どんな状況だったのか教えてください」

莉奈さんの元勤務先である『カフェバー・マーレ』は、由比ガ浜の目の前にあるそうだ。小さい店ながら、テーブル席側の窓は全て海に臨んでいるので、若い女性客を中心に人気らしい。

オーナーの坂井《さかい》さんは四十歳の男性で、妻の美恵子《みえこ》さんは三十八歳。ふたりの間に子供はなく、店を切り盛りする姿はとても仲が良さそうだったとのこと。

「オーナーが美恵子さんラブすぎるんですよ。お皿が割れてたときも、美恵子さん本人は怒ったりとか全然してないのに、オーナーの方がブチギレ。っていうか、そもそも美恵子さんは人に怒ったりするようなタイプじゃないんです。明るくてなんでも『いいのいいの』で済ませちゃうっていうか」

短さんは、さらさらと手帳に書き込みながら聞いた。

「では、その日の状況を一から説明していただいてもよろしいですか？」

「はい。さっきも言いましたけど、クビになったのは六月の頭です。前の日は夕方から入って十時まで働いてました。店の営業時間は十一時半までなので、あたしが帰ったあとも、スタッフ三人とオーナーが働いてました。で、朝イチで鍵《かぎ》を開けたら、厨《ちゅう》房《ぼう》でお皿が割れてた感じです」

短さんは、首をかしげて聞いた。

「朝、鍵を開けるのは、必ずあなたの役目なのですか？」

「いや、日によってです。オーナーの家が店の隣で、鍵は、朝イチのひとが美恵子さんから受け取ることになってます」

「ということは、割れたものを見つけたのは莉奈さんおひとりで？」

「はい……まあ、そうなんですけど」

一応、疑われてしまう理由はあったということか。

「破片がかなり飛び散ってて、すぐに電話でオーナーを呼んだら、着くなりなんも確認しないで『お前だろ』ってめちゃくちゃ怒り出したんですよ。そこで軽く口論になったんですけど、防犯カメラを見ようってことで、とりあえず落ち着きました」

「簡単でかまいませんので、お店の見取り図を描いていただけませんか」

短さんが手帳を渡すと、莉奈さんは少し悩みながら、間取り図面のように店内の様子を描いた。

「防犯カメラはレジのところ一台しかなくて、お皿の破片が落ちてた厨房の奥は、ギリギリ入ってなかったんです。でも映ってたあたしの動きを見ると、どうやってもお皿に触れるわけなくて」

図を眺めていた短さんが、ふいっと顔を上げた。

「厨房の一番奥には勝手口があるのですか？」

「はい。裏にごみを置いてます」

勝手口を開け閉めできるひとなら、防犯カメラに映らずにお皿に触ることができるかもしれない。

「そのお皿は、何か特別なものなのですか？　奥様が大事にされていたということですけど」

「はい。店に十枚しかないやつで、元は自宅の新築祝いに友達からもらったものらしいんですけど、『しまいこんでてもかわいそう』って美恵子さんが言って、店に持ってきたみたいで。だから、お客さんが誕生日とかそういうときにしか出さない、縁起物扱いでした」

　十枚しかない記念のものを壊す。もし怪異が絡んでいるのなら、短さんの言う通り、なんだか恨みが強そうだ。

「置いていた場所は？」

「厨房の奥の棚に、木箱に入れてしまってました。普段使う食器とは全然違う場所にあるんで、自分から開けないと触れもしないし、なんかの弾みで割っちゃうとかはありえない感じで」

　なるほど、と言ったきり、短さんは考え込んでしまった。

　ここまで空気だった俺だけど、ひとつ気になることがあったので、勇気を出して聞いてみることにする。

「あの……割れたお皿を最後に使ったのって、いつなんですか？」

「ゴールデンウィーク。そんくらい、マジで普段出さないやつなんだよね」

　う、タメ口だ。そしてそれ以上は言葉が出てこず、こくこくとうなずく。

短さんに助けを求めるべくちらっと見たら、赤ちゃんを見るみたいな目で微笑んでいた――よくできましたとでも言いたげだ。

短さんは莉奈さんの方へ向き直り、小首をかしげた。

「それで、防犯カメラを見たあとはどうなりました？」

「オーナーがすぐに美恵子さんを呼んで、美恵子さんは驚いてはいたけど、『割れてしまったものは仕方ないし怒っても意味がないから』って言って、オーナーに落ち着くように言ってました。でも全然、落ち着くどころかヒートアップしちゃって」

思い出してきたのか、少し辛《つら》そうだ。

「あなたと坂井さんとの間に、トラブルは？」

「ないですよ。普通にいいオーナー、いい環境で働かせてもらってると思ってたんで。なのにめちゃくちゃ怒って、その場で解雇、っていうのが流れです。正直、訳分かんない」

短さんは、「分かりました」と言って、筆記具をリュックにしまった。

「では、僕たちは見に行って参りますので、きょうのところはここで」

短さんは、優雅な仕草で立ち上がりながら聞いた。

「ところで、お店の一番人気のメニューは何ですか？」

「え……？　えーっと、シーフードカレー、です」

「そうですか。ではそれを頼んでみますね」

にっこりと目を細める表情を見て、分かってしまった。

これは事件とは何の関係もなく、普通に小料理屋の息子がずっと顔を出しただけだろうな、と。


カフェバー・マーレは、まさに由比ガ浜のイメージそのままの店だった。白くペイントされた壁、入り口には店名が書かれたサーフボードが立てかけてあり、店内も海っぽいモチーフで装飾されている。

客席は、カウンターとテーブル席が五つ。聞いていた通り一面が全て窓で、青い海を見ながら食事ができる。ロケーションとしては最高だ。

さっさと奥へ進む短さんを、女性客がちらちらと振り返って見ている。関係ない俺が恥ずかしくなるくらいの見られっぷりなのだけど、本人は全く気に留めていないようで、気づいていないのか慣れっこなのか。

店の雰囲気にも呑《の》まれてしまってもじもじしていたら、カウンターの真ん中あたりに座った短さんが、ちょいちょいと手招きをした。

「ぴこさん？　どうしました？」

短さんに見惚《みと》れていた女性たちが、一斉にこちらへ振り向く。そして俺の顔を見て、ふふっと笑い、元に戻った。

外で呼ばないで欲しい。絶望しながら短さんの隣に座る。短さんは、長いまつ毛をぱちぱちさせながら店内を見回した。

「若い方が好きそうな雰囲気のお店ですね」

「いや、若い方って……短さんも全然若いですよね？」

「先月、三十路になったところです」

あ、牡《ぼ》丹《たん》の六月生まれ……。そして、コメントに詰まる。

思ったより上だった。いや、全然そんな風に見えないけれど、俺が『若いですよ』とか言ったら年上へのフォローみたいになってしまって、かえって失礼なような……。

ぐるぐる考えているのを見て、短さんは、おかしそうにふふふと笑った。

「ぴこさん。もしよければ、僕の誕生日を祝っていただけませんか？」

誕生日を祝う。なるほど、例のお皿の出番だ。

「ご注文はお決まりですか？」

カウンターの前にやってきたのは、スタッフの中で一番年が上そうな女性。おそらく美恵子さんだ。ショートカットで、にこにことした美人。たくさんのひとに慕われていそうな雰囲気に見える。

「僕は、シーフードカレーをください。ぴこさんは？」

やめて、呼ばないで。いたたまれない気持ちになりながら、蚊の鳴くような声で、そら豆としらすのパスタを頼む。

そして、もじもじしつつ切り出した。

「あ、あの……。このひとが誕生日で、お祝いしたいんですけど……特別なメニューとかありますか？」

美恵子さんは、「まあ」と言って、胸の前で両手を合わせた。

「それはおめでとうございます。お客様、甘いものはお召し上がりになれますか？もしよければ、サービスで」

「よろしいんですか？」

「もちろんです。こちらにメニューがありますので、どうぞ」

さすが女性に人気なだけあって、品揃えが豊富だ。短さんはメニューをぱらぱらとめくり、指差した。

「この、ビターチョコレートカップケーキをいただけますか」

「かしこまりました。食後にお持ちしますね」

「はい。お心遣いありがとうございます。楽しみにしております」

優雅に頭を下げる姿が、窓の外の真っ青な海とあいまって、浮世絵っぽい。

料理が届くのを待っていると、短さんが、優しい笑みを浮かべながら聞いてきた。

「お母様のお加減はいかがですか」

「あ、だいぶ元気になりました。お盆明けには退院できそうです」

ぺこっと頭を下げると、短さんはうれしそうに笑った。

「退院されたら、ご自宅に帰られるんですよね？」

「そうなんですけど……大丈夫かなって、ちょっと心配です」

心配ではある。けれど、これが心の底から両親を心配しているわけではないということも、分かっている――変なことにならないかという心配しかできない自分は、やっぱりどこかおかしいのだろう。

「心配というのは、お母様の体調のことで？　それとも、ご両親がふたりでやっていけるかということですか？」

鋭い短さんにはばればれか。ちょっと迷ってから、こくっとうなずいた。

「ふたりで暮らしが成り立つのかなって。殺すほどの暴言を浴びせたひとと、本当に死のうとして実行したひとが、何ごともなかったかのようにまた一緒に暮らすって、できるとは思えないんです」

「でもぴこさんは、ご実家に戻られるつもりはないのでしょう？」

本当に、短さんはすぐに何でも分かってしまうんだ。ちょっとため息をつき、カウンターテーブルに目線を落とした。

「帰ってあげたほうがいいんだろうとは思うんですけど……なんていうか、もう疲れちゃったんですよね。親が機嫌悪くならないように考えて、気まずくなったら楽しいふりをしてみるとか、そういうの」

子供の頃からずっとそんな感じでやってきたから、正直、親元を離れられてほっとしていて……このまま面倒ごとから逃げ切れればいいのにとさえ思ってしまっている。

短さんは、そっと俺の目を覗《のぞ》き込んだ。

「僕は、ご両親から距離をとってしまってもいいと思いますよ。なにも、機嫌をとることだけが親孝行ではありませんから」

「はい、できればそうしたいです。でも、それでまた同じことが起きて母が死んだりしたら、それはそれで後味悪いなって。ん？　いや、悲しいって言わなきゃだめですよねここ。あれ？」

混乱したら、なんだか泣きたくなってしまった。

「ぴこさん」

やわらかく呼ばれて、ちょっとだけ顔を見る。彼は眉根《まゆね》を寄せて微笑んでいた。

「あなたは優しいひとですね」

「優しくないですよ」

ちゃんと親の心配もできないなんて、優しいはずがない。でも短さんは、ふるふると首を横に振った。

「あまり思い込まなくても大丈夫。世間様が決めた『家族愛』とか『普通の幸せ』とか、そんなものにとらわれて辛《つら》くなることはありません。それに、家族は必ず好きでいなければならないなんて、誰が決めたのでしょう？」

「……分かんないですけど、ドラマとか、ハウスメーカーのCMとか見ると、幸せってこういうことなのかなって思ったりはします」

「ああ、あれですか」

短さんは、すまし顔で水をくいっと飲んだあと、綺麗《きれい》な笑顔で言った。

「あれはただのイメージですから、全部作りものですよ。風邪薬のCMも、お涙頂《ちょう》戴《だい》の家族ドキュメンタリーも、みんな消えてしまえばいいですね。ぴこさんが悲しい思いをするくらいなら」

消えてしまえば――彼らしくない言葉選びに、どきっとしてしまう。

「あの……すいません。気を遣わせちゃって。俺、誕生日のお祝いがしたいです。だからこの話はもうやめましょう？」

「分かりました。ちなみにですが、お祝いの前にひとつ、お耳に入れておきたいことがあるのですけど」

「なんでしょうか……？」

「僕はあまり洋菓子が得意ではなくて、食べすぎるとグロッキーになってしまいます。途中で降参したら、うまい流れで残りを食べてください」

苦手なものを無理してまで頼んだのか。怪異への執念と捨て身さに、驚くような呆《あき》れるような。

短さんはくすくすと笑いながら、厨房《ちゅうぼう》の奥をちょっと指差した。

見てみると、奥に、オーナーの坂井さんと思《おぼ》しきひと。ちょっと小太りで、陽気そうなひとだ。怒鳴りつけるような感じには見えないし、お盆を持った美恵子さんと話す笑顔は、本当に、ただの愛妻家という感じ。

妻への愛も、行き過ぎると、他人への攻撃になってしまうのだろうか？

ぼーっと考えていたら、美恵子さんがお盆に料理を載せてこちらにやってきた。

「こちらが、そら豆としらすのパスタです。シーフードカレーは、シェフからのお祝いで特製ピクルスを添えております。お召し上がりください」

「わざわざありがとうございます」

上品に頭を下げた短さんは、ピクルスを見て目を輝かせた。

食べ終えてまったりしていると、美恵子さんがカップケーキを持ってきた。

お皿は透明なガラス製で、青系統のグラデーションが綺麗だ。

「お誕生日おめでとうございます」

「ありがとうございます。素敵なお皿ですね」

「ええ。うちの縁起物でして、お祝いのお客様にだけ特別にお出ししているんです」

お皿の大きさは、二〇センチほど。カップケーキは中央に置いてあり、お皿にはチョコレートで『Ｈａｐｐｙ　Ｂｉｒｔｈｄａｙ』と書かれていて、周りに砕いたナッツが散らしてある。

厨房の奥から、坂井さんもやってきた。

「お客様、お誕生日だそうで。おめでとうございます。私、オーナーの坂井と申します」

「わざわざオーナーさんまで。ありがとうございます。まさかこんなに丁寧にしていただけるとは。このお皿は特別なものだと……そちらの方から」

「妻の美恵子です」

「奥様でしたか」

お互い、ぺこぺことお辞儀し合う。大人のやりとりですごく入りづらい。けれど、そんなことをためらっている場合ではないので……おずおずと口を開いた。

「あの、短さん。三十歳おめでとうございます」

ぱちぱちと拍手をする。

「ありがとうございます」

うれしそうに眉尻を下げた短さんは、さっくりとカップケーキの真ん中にフォークを入れた。

「……はあ、おいしい」

「お口に合ったようで、良かったです」

うれしそうにしている美恵子さんに、綺麗な笑顔を向ける短さん。やせ我慢だと思うと、健気《けなげ》だ。

半分ほどを食べたところで、彼がくるっとこちらを向いた。

「ぴこさんも食べてみますか？　おいしいですよ」

「あ、いただきます」

半分の大きさのものが、フォークに刺さっている。

「はい、あーん」

拒否権はないらしい。やけくそに大きく口を開いて、そのままぱくっと食べた。ん、ほろ苦くておいしい。

「普通のものよりビターなのですが、どうでしょう。お口に合いましたか？」

美恵子さんに聞かれたけれど、口がぱんぱんで、返事もできず、こくこくとうなずく。短さんは愉快そうに言った。

「せっかくですから、お皿のチョコ文字とナッツもいかがです？」

「ん、いや……それはみじかさんがたべたほうが……」

もぐもぐと不明瞭《ふめいりょう》に答えたけれど、短さんは笑顔のまま、ずいっとお皿を手渡してきた。

もしかして内心、江戸っ子的な感じで『俺の出したもんが食えねえってのか』なんて思っているのだろうか。

怒らせたらまずいと思い受け取ろうとしたところで……お皿が手からすっぽ抜けた。

「わっ！」

テーブルの角に当たったお皿を、ギリギリ空中でキャッチする。危ない、床に落とすところだった。

「ご、ごめんなさいっ」

大事なお皿を割ったら、弁償どころじゃないし、怪異はどうなる。いや、もしかしていまのは怪異の仕業？

そっと短さんを盗み見たら、人差し指を唇につけて、目を合わせてきた。何も言うなということか。

「ぴこさん、見せてください」

短さんは俺の手からお皿を受け取ると、ぐるぐると眺めた。

「傷はないようです。どうもすみませんでした」

「いえいえ。簡単には割れないシロモノですから」

受け取る坂井さんは笑顔だ。まあ、客相手に愛想良くするのは当たり前なのかもしれないけれど、動揺した感じもしなかったし、本当に怒ってはいなそう。

「さて、ではぴこさん。そろそろ参りましょうか」

「え？　あ、はい」

もう用はないということだろうか。慌てて水を飲んで、口の中のものを流し込む。そのすきに短さんはさっさとレジへ進み、お会計を済ませてしまった。

短さんが丁寧にお礼を言い、お店の外へ出る。俺は短さんの顔を覗《のぞ》き込んで確認した。

「お皿が滑ったの、あれ、怪異ですか？」

「いえ、僕がわざと落としました。ごめんなさい、びっくりしたでしょう」

絶句してしまった。わざとだったなんて。きっと、割れやすいかどうかを試そうとしたのだろうけど……本当に割れたらどうするつもりだったのだろうか。

困惑していると、短さんがくすくす笑い出した。

「記念の贈り物のガラス製品ですからね。ちょっとやそっとじゃ割れないものなのだろうと踏んでおりました。そして案の定、坂井さんはぴくりともしませんでしたね」

「俺も思いました。全然慌ててないなって」

「割れない自信があったのでしょう」

どういうことだろう。短さんはもう、何かに気づいているのだろうか。

「ちょっと、裏手に回ってみましょうか」

莉奈さんは確か、勝手口から出られる裏側には、ごみ置き場があると言っていた。

怪しまれないかとひやひやしながら短さんについていくと、塀で周りから死角になった隅に、井戸があった——看板には災害用とある。

「井戸にお皿に……って、やっぱりあの怪異ですよね。不気味です」

怯《おび》える俺に対し、短さんは興味深げに井戸を覗き込んだ。

「ええと、この井戸自体は、特に変わったことはなさそうですね」

「短さんっ、そんなに身を乗り出したら危ないですよ！」

止めようとしたところで、店の表側から、はしゃぐ女性客の声が聞こえた。見られたら、怪しまれてしまうかもしれない。

井戸の縁から離れた短さんは、ふうっと息を吐いた。

「捜したいものがあったのですけど、長居をするのも具合が悪そうですね。というわけでぴこさん。今晩はどこかへ宿を取って、また夜に出直しましょう」

夜……に、井戸？

俺の口からぽろりとこぼれた「怖い」は、短さんには聞こえなかったらしい。

深夜二時。鎌倉駅に取ったビジネスホテルから二十分ほど歩いて、カフェバー・マーレに戻ってきた。

とっくに営業時間は終わっていて、日中でさえなんとなく不気味だった店の裏手は、どう見ても心霊スポットになってしまった。

「さてと。では、捜し物をしますよ」

短さんはその場にしゃがむと、スマホのライトをつけ、地面を照らした。俺も同じようにして、あちこち見て回る。

短さんに捜すよう言われているのは、『細かくてキラキラしたもの』。要するにお皿の破片なのだけど、かなり粉々になっているはずだから、頑張って捜して欲しいと言う。

五分ほど這《は》って捜したところで、エアコンの室外機の下に、青っぽいガラス片がたくさん残っているのを見つけた。

「あ、ありましたっ」

短さんも隣に来て、指差した先をじっと見る。

「やはり強化ガラスだったようですね」

「え？　そんなの分かるんですか？」

「お皿の見た目では分かりませんよ。でも、強化ガラスは少々特殊な割れ方をするので、割れたものを見れば分かります」

特殊？　遠目ではあるけれど、見た感じでは、特におかしなようには見えない。

短さんは、下を覗き込んだまま語り始めた。

「事故で車のフロントガラスが割れると、粉々になるでしょう？　あんな感じで、強化ガラスは、衝撃が加わると全部が一気に細かく割れるのです。しかも爆発するように割れるので、かなり飛散します」

よいしょと言って姿勢を戻した短さんは、スマホのライトを消した。

「もし強化ガラスだったら、割ったご本人が気づかないくらい遠くまで飛んでいるだろうと思ったので、証拠が残っていたらいいなと思いました」

「割った本人というのは？」

「もちろん、坂井さんですよ。ぴこさんが落としてもびくともしなかったのは、自分が割るのに苦労したからかと」

言い終えた短さんは、あたりをきょろきょろと見回したあと、上品に笑って言った。

「というわけで、あとは適当に問い詰めれば吐くでしょうからまあ良くて。面倒なので、もう呼んでしまいましょうね。おーい、『皿屋敷』のお菊さーん」

「え！　ちょっと！」

井戸に向かって呼びかける短さんの服を、慌てて引っ張る。確証もなく、しかもそんな失礼な感じで呼んで、『恨みが強い』って自分で言ってたくせに……！

怯えて周りを見渡すけれど、見えもしないし、気配も感じない。

うっとうしそうに俺の手を払いのけた短さんは、眉間《みけん》にしわを寄せて、もう一度呼んだ。

「お菊さん、いるんでしょう？　めんどくさいなあ、早く出てきてください」

雑すぎる。俺でも分かる、これは失礼すぎる。そしてこの展開はまずそう。

「おーおーおー、七面倒な女だなあ」

「短さんっ。夜ですよ、静かにしてくださいっ」

小声の悲鳴を上げるけれど、彼は聞く耳を持たず、不機嫌そうに井戸の縁に手をかける。

「出てこねえんなら……」

「だめですって、うわっ」

短さんを取り押さえて尻《しり》もちをついた、そのとき。

背中がゾクッとした。生まれてから一度も感じたことがないくらい、背筋が凍るとはまさにこのことか、と。

振り返れないままそっと顔を上げると、短さんは、俺の後ろを見ながらニヤニヤと笑っていた。

「はあ、やっとおいでですね。何のおつもりかは知りませんけど、さしずめ、働き者の女の子を道連れにといったところですか」

ゾワッとした気配が圧を増す。短さんを止めたいけれど、両腕を摑《つか》んだきり、動くことも声を上げることもできない。

怪異が何も答えないと理解した短さんは、斜め上に向かって、ばかにしたように言い放った。

「こんのとんちきめ、人様を不幸にしたっておめえは幸せにゃあならねえよ」

さらに殺気立つ。ゾクッと悪寒が走って、息が詰まる。

「あーあーこれだから女ってえのは面倒なんだ。なあんにも言わねえでぐちぐちとむかっ腹立てて。おーい、新三郎」

短さんの後ろからふわっと、新三郎さんの気配がした。そしてすぐに、俺の背後にいた怪異の気配もろとも消えた。

「……っだあ」

呼吸を取り戻す。そして、短さんの腕を摑んだまま脱力。死ぬかと思った。

顔を上げると、短さんはすうっと目を細めて言った。

「ぴこさん、あれはなかなかのひとですよ」

「……いや、考えらんない。意味分かんない。失礼千万だったじゃないですか。もう、呪い殺されるかと思いましたっ」

半泣きで怒ると、短さんは、子供をあやすみたいな口調で言った。

「ぴこさん、怖い思いをさせてしまってごめんなさい。でもいまごろ、新三郎がちょこっとエスコートしているはずですから。もう大丈夫。泣かないで？」

「泣いてません」

短さんとの日常がぬるすぎて忘れかけていたけれど、俺は、怪異探しのバイトをしているのだ。こんな風に悪意にさらされてみて初めて、自分が何に首を突っ込んだのかを理解したのかもしれない。

おそるおそる井戸の方へ振り返ると……何もいなかった。


鎌倉駅への道を黙って歩いていたら、短さんが、唐突に口を開いた。

「花の顔《かんばせ》、月の眉《まゆ》。女にしてもいい器量というような優男」

「……なんですか？」

「牡丹灯籠、萩原新三郎のルックスです。彼は天性の美男と言われています」

新三郎さんの気配は、しない。まだ帰っていないのか、気配を隠しているのかは分からないけれど。

「性格は、学問好きで、控えめな青年。彼がちょっとはにかんで声をかけたら、たいていの女性は機嫌を直すから大丈夫……と、少しけんかを売るような強行策に出てしまいました。ごめんなさい」

雑に呼んだのは作戦だったのか。いや、それにしたって生きた心地がしなかったけれど……申し訳なさそうな笑顔で頭を下げられたら、なんだか毒気を抜かれてしまった。

「それで、さっきの怪異は、本当にお菊さんだったんですか？　人違いじゃなかったんですね？」

「ええ。日本一有名な幽霊、お皿を数えるあのお菊さんです。坂井さんの夢枕に立って、割るようにそそのかしたのでしょう」

「理由は分かっているんですか？」

「予想はついていますけど、証拠がありません。そして、その証拠を取るために、もしかしたら莉奈さんを危ない目に遭わせてしまうかもしれません」

短さん曰《いわ》く、もし彼の予想が正しければ、莉奈さんをブラックな職場へ誘う人物が現れるはずだという。

ただし、その人物が実際に違法行為に携わっているという証拠が取れないと坂井さんを問いただすことができないので、ある程度莉奈さん本人に乗ってもらわないといけないらしい。

「でも、なんでお菊さんが変な職に就かせようとしてるって思うんですか？　お菊さんの怪談と関係ないと思うんですけど」

短さんは、「ああ、それは」と言って、スマホとイヤホンを取り出……そうとしてやめた。

「いまはまだやめておきましょう。もしかしたら、お菊さんご本人が聞き耳を立てているかもしれませんし」

確かに、気配を隠して周りにいるかもしれない。俺も短さんも、完全にいつも怪異がどこにいるかを把握できるわけじゃないから、慎重でいるに越したことはないだろう。

「ひとつヒントを申し上げますと、ぴこさんが思い描いているお菊さんの話と、落語の『皿屋敷』が、ちょっと違うかもしれない……ということです」

「え？　調べてもいいですか？」

「いえ、いまはやめておいてください。知ってしまうとおそらく、色々な先入観で失礼を働くことになりますので。そういう話なんです」

何か、勘違いを生みやすいストーリーなのだろうか？

俺の知っているお菊さんの話は、正統派の怖い話だ。主人の大事なお皿を割ってしまい、井戸で殺されて、夜になるとそこに化けて出てお皿を数えている……という。

一般的にはそうだと思うのだけど。


翌朝、莉奈さんに連絡を取ることにした。スピーカーにして、電話をかける。

「もしもし、青野です。いまお電話大丈夫ですか？」

『あ、はい。これから用があるんで、ちょっとなら』

きのうとは打って変わって、声が明るい。

「実は、きのうお伝えした、悪い大人に巻き込まれてしまうかもしれないという話なのですが……」

『あ、それならもう大丈夫です』

話をさえぎって、あっけらかんと言った。

「と言いますと？」

『就活の面接で危ない目に遭うってことは、どこかの会社に勤めようとするのが危ないのかもって思って。なので、就職はしないで自立した仕事しよっかなーって』

「自立、ですか」

短さんの表情が険しくなる。俺も、響きからして、なんだか危ない気がする。

「何かあてがあるのですか？」

『あ、はい。ツイッターで仲良くなって繋《つな》がってる子がいて、同い年なんですけど。その子が、イベントを企画する会社を立ち上げるのに、一緒にやる女の子を集めてて』

それは露骨に怪しいやつじゃ？　目を丸くして短さんの方を見ると、彼は、黙って首を横に振った。

「そうなんですか。若い方の行動力はすごいですね。その方とは面識はあるのですか？」

『いや、リアルで会ってはいないんですけど、色々活動してるのはよく知ってるし、もう一ヶ月以上声かけてもらってるから、せっかくだしやってみよっかなって』

相手から声をかけてきたとなると、ますます怪しい。短さんはどうするのだろう……

……と思ったら、とんでもないことを言い始めた。

「もしよろしければ、その事業、少しお手伝いさせていただけないでしょうか。僕は文筆家の端くれでして、出版社と繋がりがあります。宣伝活動のお役に立てるかもしれません」

莉奈さんは、「えー、すごい！」とはしゃいだような声を上げた。

『実はいまからその子と会うんで、その話してもいいですか？』

「ええ、もちろんです。ただ、僕も何も聞かずに紹介するわけにはいきませんので、その方とお話しさせていただけませんか？　もちろん、おふたりのお話が済んで、途中からでかまいませんので」

　ふたりは鎌倉駅近くのファミレスで待ち合わせをしているらしい。俺と短さんは、離れた席で待っているということになった。


　ホテルからファミレスへの道すがら、率直な疑問をぶつけた。

「短さん、どう思いますか？　直接会ったこともないネット友達に誘われて起業なんて、そんな怪しい話、乗るもんですかね」

　女の子の常識って、そんなものなんだろうか。首をひねっていると、短さんは、ぷっと噴き出した。

「え？　俺なんか変なこと言いました？」

「……失礼。いや、そんなことを言ったら、僕たちも十分に怪しいでしょう」

「あっ。確かに」

「女子高校生が、ツイッターで見つけたおばけの研究家と会うだなんて。本当にそんなことをしていいのか、実は僕、小一時間悩んだのですよ」

　短さんがちゃんとしすぎていて忘れていたけれど、確かによく考えたら、見ず知らずの大人に連絡を取って地元に呼ぶなんて、危機感ゼロすぎて怖い。

「正直、ぴこさんがいなかったらお断りしていました」

「そっか……やっぱりまずいですよね、ふたりきりじゃ」

納得すると同時に、裏を返せば短さんも、なかなか危ない橋を渡っている気がした。研究のためとはいえ、常に見ず知らずのひとに会いに行っているのだから。

「ちなみに短さん、女性の相談者が交際を迫ってきたことは？」

「……お察しください」

美形のひとは大変だ。


ファミレスに入り、店内を見回すと、四人席に座る莉奈さんを見つけた。相手側は角度的にちょうど見えないけれど、莉奈さんの表情は、少し困っているように見える。

「なんか変ですよね？」

「ええ。隣に座ってしまいましょうか」

何食わぬ顔で、通路を挟んで真隣に座る——余裕がないのか、彼女はこちらに気づいていない。

相手は、高校生くらいの女の子と、四十代くらいのビジネスマン風の男性。女の子同士の起業だと言っていたけれど、やっぱり嘘だったか。

机の上には、書類とボールペン、朱肉。書類にはびっしりと文字が書いてあり、おそらく何かの契約書だろう。

「タイミングを見て莉奈さんの隣に座りますので、ぴこさんはお相手の方の顔を写真に撮ってください」

届いたジュースを飲みながら、そっと盗み見る。男性は嘘っぽい笑顔を浮かべ、身振り手振りで話をしている。隣に座る女の子はよく笑っていて、男性とは親しそうだ。

莉奈さんはちょっと引きつった笑顔で、ときおりこくこくとうなずきながら、話を合わせているように見える。そして、ボールペンを手に取った。

「行きますね」

小声でつぶやいた短さんは、そっと席を立った。そして。

「こら、ハナコ。保護者の同意もなしに勝手に契約しちゃいけませんよ」

ＳＳＳ級の微笑みをたたえ、莉奈さんの隣に滑り込むように座る。そして、肩で彼女をぐっと押して、無理やり奥へ追いやった。

「えっ、あ……えっ？」

驚く莉奈さんの手からさっとボールペンを取り、真正面に向き合った男性の前にパンッと音を立てて置いた。

「どうも、ハナコの保護者の青野初《はじめ》です。失礼ですが、どちらさまで？」

全員が呆気《あっけ》にとられていて、あまりのことに俺も固まってしまったけど……驚いている場合じゃない。慌ててスマホを取り出し、無音カメラのシャッターを連打する。

「え、ハナコ……？　莉奈ちゃんじゃなくて？」

慌てる男性に、短さんはおっとりと微笑む。

「はて、莉奈？　この子はハナコですけど。人違いじゃございません？」

振る舞いこそ上品だけど、口調がちょっと危ない気がする。何とかごまかそうと逃げ腰の男性に、短さんは笑顔で詰め寄った。

「とりあえず、どこの誰なんだかおっしゃってくださいな」

「あ……えっと、この子たちに起業のアドバイスをしておりまして……」

短さんは、はっと鼻で笑った。

「ろくに名も名乗れないおじさんがアドバイスとは。どちらの会社のどちら様で？　ああ、ここに書いてあるのかしら」

机の上の書類を手に取る。

「これまたまあ、ずいぶんと大仰な書類をお作りになって。ハナコ、これちゃんと読んだの？」

「いや……サインしてからゆっくり読めばいいって言うから……」

短さんは、すーっと目を細めて男性を見る。

「あんたにアドバイスとやらをされた会社さんは、みーんな沈む泥舟だろうなあ。くわばらくわばら」

書類をぺしっと机に置き、相手の女の子を見る。

「お嬢さんが会社を立ち上げようとしているのですか？」

「えっと、あ……はい、そうなんですけど……」

助けを求めるように男性の顔を見上げるけれど、男性は固まったままだ。

「僕はハナコから、きょうは女の子のお友達と遊ぶと聞いていたのですけど。なぜこんなおじさんが一緒なのですか？」

「あ、えと、このひとは田中《たなか》さんっていって、起業に詳しくて……」

短さんは、書類を女の子の方に向け、人差し指でトントンと叩《たた》いた。

「イベントの企画をする会社なのに、映像作品も作るのですか？」

「えっと、ユーチューブとかもやるからそう書いといた方がいいって田中さんが」

「それを販売することがあるのですか？」

「可能性として書いといた方がいいって田中さんが」

「なぜその権利が全部田中さんのものなのですか？」

すいっと指を滑らせた文章には、『本件に係る一切の権利は甲に帰属する』とある。

「いや、田中さんじゃなくてわたしたちのことだと思うんですけど」

「冒頭をよくお読みなさい。あなたたちの代理人である田中晴夫《はるお》氏が甲になっていますよ」

女の子は「あっ」と言って驚いたあと、短さんと男性——田中さんの顔を見比べた。

綺麗《きれい》なひとは、怒ると怖いらしい。真顔の短さんが、田中さんの顔をちらりと見る。

「ずいぶんとまあ、阿漕《あこぎ》な商売ですねえ。成人向けの映像を撮るつもりなんでしょう？」

田中さんが、ぎくりと肩を揺らす。

「いますぐここに警察を呼ぶか、僕の要求を呑《の》むか、選んでください」

ぴしゃりと言い放った短さんは、俺の方を見て、電話のジェスチャーをした。スマホを取り出し、『一一〇』をタップして、通話ボタンの前に人差し指をかざす。

短さんは腕組みをして言った。

「カフェバー・マーレの坂井オーナーとの関係を、洗いざらい話してください」

「えっ、なんで坂井……」

「話すの？　話さないの？」

短気な短さんが顔を出している。

すーっと睨《にら》みつける迫力に負けた田中さんは、うなだれて告白を始めた。

簡単に言うと、田中さんと坂井さんの間には、金銭トラブルがあったそうだ。

田中さんが坂井さんにお金を貸し付けていたけれど、坂井さんの支払いが滞っているので、女性を斡旋《あっせん》するように求めた。

田中さんは、坂井さんから莉奈さんのツイッターアカウントを入手したあと、女の子に莉奈さんと繋《つな》がるよう指示。そして、ふたりが仲良くなったところで、坂井さんに莉奈さんを解雇させ、女の子の誘いに莉奈さんが乗った……という流れらしい。

「薄汚いお金のやり取りに、年端もいかない少女を巻き込んで。まったく、どうしようもないひとたちだ」

吐き捨てる短さんは、扇子の先で、机に突っ伏す田中さんの頭をぺしぺしと叩いている。そして、パンッとつむじの辺りを引《ひ》っ叩《ぱた》いたあと、扇子を引っ込めながら、ふたりの顔を見て微笑んだ。

「怖い思いをしましたね。でももう大丈夫です。警察に相談するかは、ご家族と話し合って決めてください。というわけで田中。そのお粗末な契約書の裏紙でいいから、住所と電話番号と生年月日と免許証番号を書いて、おふたりに渡しなされ」

田中さんは、情けない顔でペンを手に取る。書き終えてふたりに紙切れを手渡すと、短さんはすくっと立ち上がり、俺たちの分の伝票を田中さんに押し付けた。

「さあ、もう用はありません。帰りましょう」

四人でファミレスを出ると、相手の女の子が深々と頭を下げた。

「本当にご迷惑をおかけしました。ごめんなさい」

「頭を上げてください。あなたは悪くないですよ」

顔を上げると、ちょっと泣いていた。

「莉奈ちゃん？　ハナコちゃん？　ごめんね」

「ううん。お互いだまされてたんだからしょうがないよ。それから、ハナコじゃなくて、莉奈で合ってる」

莉奈さんが困ったように笑うのを見て、短さんは恥ずかしそうに頬に手を当てた。

「偽名をと思ったのですけど、とっさに思いついた女性の名前がハナコだったもので……失礼しました」

「すごいセンスですよねっていうか、青野さんってなんか不思議なひとですよね」

女の子ふたりにじーっと顔を覗《のぞ》き込まれて、短さんは苦笑いをする。俺は、その肩をつんつんとつついて聞いた。

「この後どうするんですか？」

「坂井さんのところへ行きます。事の顚末《てんまつ》を話して、お菊さんのことを聞きましょう。莉奈さん、一緒に来てくださいますか？」

「えっと……どうしよう。いまさら行っても気まずいし、謝られてももう働く気もないけど……行かないとお祓《はら》いできないですか？」

短さんは、こくっとうなずく。

「坂井さんがあなたに謝罪する場面を見ないと、おばけは離れていかないので」

「そうなんですね……。じゃあ、行きます」

莉奈さんは、くるりと女の子の方に向き直った。

「ごめんね、あたし青野さんたちとまだ用があるからここでバイバイなんだけど……もしよければ、これからも友達でいてくれる？」

莉奈さんの問いかけに、女の子は目を丸くした。

「いいの？　こんな迷惑かけちゃったのに」

「うん。せっかく繋がったし、これからもリアルに遊んだりしよ？」

ツイッターで繋がって友達ができるなんて、まともな友達がいない俺からしたら考えられないことなのだけど……女の子がそういうものなのか、それとも俺以外の若者はみんなそうなのか。

とにかく、不思議な世界だなと思った。


由比ガ浜に戻ってきた俺たちは、坂井さんに電話をかけ、店の裏に呼び出した。

「単刀直入に申し上げますね。お皿を割って莉奈さんに罪をかぶせたことを、彼女に謝罪してください」

坂井さんは、眉間《みけん》にしわを寄せる。

「はあ？　何を聞かされたんだか知りませんが、その子が割ったんですよ。それに、もう解雇になってますし、終わった話です。いまさら因縁をつけて、何なんですか？」

明らかにイラ立っているようだった。しかし短さんは、そんな様子は意に介さず、エアコンの室外機の前にしゃがんで下を指差す。

「因縁ではありませんよ。彼女が不注意であの場で割ったなら、ここに破片が落ちているわけないでしょう」

「は？」

坂井さんは、短さんの隣にしゃがんで下を覗き込んだ。ゆっくり姿勢を戻すと――顔面蒼白《そうはく》だ。

「厨房《ちゅうぼう》の中で割って、万が一調理器具や食材にガラス片が入ってしまったら、大変ですものね。だからここで割って、勝手口から入って床に撒《ま》いたのでしょう？」

「知らない。私じゃないですよ」

「あなたのお金の貸主さんから、事情は聞いております。女の子を差し出せと言われたそうで」

「えっ……？」

目を丸くしたきり、絶句する。しかし、すぐにぶるぶると首を横に振った。

「違いますよ。誰ですか。お金なんて借りてません」

短さんはスマホを取り出し、俺が撮影した写真をずいっと見せる。そして立ち上がり、気《け》怠《だる》げな目で坂井さんを見下ろした。

「別に難しいことは言っていなくて、ただ非を認めて謝罪さえしてくだされば……毎晩あなたの夢枕に立つこわーいおばけが脅してくることも、もうなくなります」

「あんた一体……っ」

坂井さんはそう言ったきり、がちがちと歯を鳴らして震える。しかし短さんは、表情を変えずさらに問い詰めた。

「夢に幽霊が出て、莉奈さんを陥れたのではないですか？　そしていま、口止めされている。『口外したら、妻を殺す』とかなんとか」

ぱっと目を見開いた坂井さんは、しばらく迷ったあと立ち上がり、莉奈さんに向かって頭を下げた。

「莉奈ちゃん、本当に申し訳なかった。きっと危ない目に遭っているだろうと分かっていたのに、ずっと素知らぬふりをしていて……申し訳ない」

莉奈さんは険しい表情で睨む。

「オーナーのせいで、やってもいないことを決めつけられて責任を負わされて……いっぱい傷ついたし、人間不信みたいになったりもしました」

坂井さんは、頭を下げたまま、微動だにしない。

「グルだった男のひとの話とか聞いたらますます、大人って怖いって、トラウマみたいになりそうです。本当、最低」

だんだん涙声になってきた。

「でも、あなたたちみたいなクズ人間にならないようにしようっていう教訓だけはできました」

冷たい目で言い放ったあと、莉奈さんは完全にくるっと背を向けてしまった。励ました方がいいだろうかと思いつつ、どう声をかけていいか分からないので、なんとなくそばにいるしかできない。

短さんは、ため息まじりに言った。

「反省する気持ちがあるのなら、僕の質問に答えてください」

短さんが「嘘は言わないでくださいね」と念を押すと、坂井さんはこくこくとうなずいた。

「時系列が合っているかを教えてください。まず、あなたが、借金を返せなくなった。困っていたら、相手側から、お金がないなら女性を差し出せと言われた。これは合っていますか？」

「はい、その通りです」

「それで、『誰を、どうやって』……と悩んでいたら、夢枕に幽霊が現れて、指示してきた。どうです？」

坂井さんは、気まずそうにこくりとうなずく。

「何と言われましたか？」

「大事にしている皿を一枚割って、長い黒髪の女がやったことにしろ。割るのは店の裏手、割ったら店の中に戻して、その女がやったことにして罪をかぶせて辞めさせればいいと……かなり具体的に」

莉奈さんは、大声で叫んだ。

「そんなの嘘でしょ！　幽霊のせいにするなんてばかみたい！」

「莉奈ちゃん、本当なんだ。いまさら何を言っても言い訳にしか聞こえないだろうけど、これは本当で……」

俺は莉奈さんに小声で言った。

「すみません。気分悪いとは思うんですけど、幽霊を引きはがすためなので……少しだけ我慢して聞いてもらえますか？」

莉奈さんは、不服そうではあったけれど、小さくうなずいてくれた。短さんは、質問を続ける。

「それで、実行したはいいけれど、それ以来毎日おばけが出続けて、『誰にも言うな、言ったらお前の妻を斬りつける』とかなんとか、そんな感じでしょう？」

坂井さんは驚いたように目を見開いたあと、小さな声で「はい」と答えた。

「やってしまったあと、後悔したんです。あの男がどういう商売をしているかは知っていたので、ひとりの女の子の人生をめちゃくちゃにしてしまったのではないかと。それでどうにかしようと思ったのですが、あなたの言う通り、脅すように幽霊が、妻を斬ると」

　坂井さんは、完全にそっぽを向いている莉奈さんに声をかける。

「本当に申し訳なかった」

　莉奈さんが早口で聞く。

「青野さん、これ、まだ聞かなきゃいけないんですか？」

「いえ、十分です。さあ、坂井さん。僕たちの目の前から失《う》せてください。さようなら」

　短さんがあごをしゃくると、坂井さんは大きく頭を下げ、逃げ出すように走り去っていった。

　三人になった途端、莉奈さんが、声を上げてわあわあと泣き始めた。俺はおろおろしつつ、「大丈夫ですよ」とかなんとか、ばかのひとつ覚えみたいに繰り返すしかない。

　短さんは莉奈さんの視線まで少しかがんで、優しく微笑んだ。

「辛《つら》い思いをさせてしまってすみません。あともうひと息です、頑張って」

　短さんが振り返る視線の先には、井戸があった。

莉奈さんが落ち着きを取り戻すと、短さんは井戸に向かって呼びかけた。

「お菊さん。いらっしゃいますか？　お話ししましょう」

さわっと木々が揺れて、周りの音が遠のいた。そして次の瞬間には、井戸の縁に、着物姿の女性が腰掛けるように浮かんでいた。

綺麗《きれい》な女性。ただ、酷く疲れ切っていて、目がうつろだ。

「あっ、このひとです！　夢に出たの。でもなんか……雰囲気が全然違う」

短さんはお菊さんの目の前にしゃがんで、穏やかに微笑んだ。

「毎日毎日、見世物になってお皿を数えるのは、疲れてしまいましたね。でも大丈夫、もうそんなことはしなくていいんですよ」

見世物？　お菊さんの怪談に、そんなシーンはあっただろうか……と考えたところで、短さんが『ぴこさんが知っているお菊さんの話と落語の皿屋敷は違うかもしれない』と言っていたのを思い出した。

俺と莉奈さんも、こわごわではあるけれど、短さんの隣にしゃがんだ。お菊さんは、ぽろ、ぽろ、と、大粒の涙をこぼしている。

「短さん、見世物ってどういうことですか？」

「実は落語の『皿屋敷』は、怖い怪談噺《ばなし》ではなく、どちらかというと、滑稽《こっけい》噺に近いものなのです」

「え？　幽霊が面白い話になっているんですか？」

短さんはこくりとうなずいた。

「よくある怪談は、女中のお菊さんが主人の大事なお皿を割り、罰として井戸に落とされて死んだあと、その井戸にお皿を数えるお菊さんの幽霊が出るようになった……こんな感じですよね？」

「はい、俺が知ってるのはそれです」

「落語の皿屋敷は、お菊さんが幽霊になったあとの話なのですよ」

お菊さんの様子を見ると、ひざを抱え込んでしまっていて、表情が分からない。

「毎晩、井戸に美人の幽霊が出ると知った人々が、怖いもの見たさで観にくるようになります。有名になるにつれて、周りに出店が出たり、早くから並んで場所取りをして、お金を取るひとも現れたり。九枚まで聞くと呪い殺されてしまいますので、五枚くらいまできたらみんな逃げ出す。怖いはずの幽霊が、肝試しの遊びかショーみたいになってしまうのですね」

噺家が軽妙な語り口で話しているのを想像すると、ブラックジョークみたいな感じで、面白そうだ。

「本来ならお菊さんは、九枚まで数えると悲鳴を上げて、それを聞いてしまったひとは呪われるのですが……ある日、お菊さんは十八枚まで数えます。そしてこう言いました。『あしたは休みたいので、二日分まとめて数えました』……これが、落語の『皿屋敷』です」

なるほど。怖いはずの話が、見事に面白おかしいオチになっている。

短さんは、優しくお菊さんに声をかけた。

「辛かったですね。無実の罪をかぶせられて、恨めしくて仕方がなくて、それなのに人に笑われて、逃げることもできなくて」

「え？　お菊さんは割っていないんですか？」

「皿屋敷は日本各地で色々なバリエーションがありまして、江戸落語の場合は、侍女のお菊さんに言い寄っていた主人が、言うことを聞かせようと、お菊さんが不在のすきにお皿を一枚隠して罪をかぶせた……という筋書きです。それでもお菊さんは応じなかったので、腹を立てた主人に殺されてしまった、と」

お菊さんは、絞り出すような声で言った。

「本当に、私はやっておりません……」

「そうですよね。辛かったでしょう」

短さんは夜の井戸で、殺気立つお菊さんにけんかを売りながら、『道連れか何かだろう』と言った。その上で、『他人を不幸にしても幸せにならない』と言った。あのときの言葉は、彼女に届いていたのだろうか。

「……私は、あなたがうらやましかったのです」

莉奈さんに向かってぽつりとつぶやいたお菊さんは、着物の袖《そで》で目頭を押さえた。そして涙声を詰まらせながら話してくれたのは、何ともやるせない事情だった。

不本意に死んでしまったお菊さんは、幽霊になった。彼女は井戸で亡くなったため、トンネルを抜けるように、別の井戸から顔を出すことができるらしい。

当時は町のいたるところに井戸があった。昼間はあちこちの井戸から町の見物をし、夜はいつもの井戸でお皿を数える。そんな日々を送っていたある日の深夜、通りかかった噺家に声をかけられたのだという。

「綺麗だねと、そう言ってくださったのがうれしくて。私は舞い上がりました」

噂が噂を呼び、お菊さん見たさに人が集まり出した。面白がる。下品なヤジも飛ぶ。それでもお菊さんは、誰かに必要とされているのだと思い込むことで、なんとか自分の心を支えていたのだそうだ。……三百年も。見物人は、怪異ばかりになったのに。

「夜になったらまたあそこで、はやし立てる殿方の見世物にならなければなりません。それが悲しくて、昼の間にあちこちふらふらしておりましたら、この井戸であなたを見かけたのです」

莉奈さんを見る瞳《ひとみ》には、後悔の色がにじんでいた。

「いきいきと働くあなたがうらやましくて、恨めしくて、その気持ちが止められなくなってしまったのです。莉奈さん、本当に申し訳ありませんでした」

膨らんだ黒い気持ちが暴走した結果、坂井さんや田中さんを利用してまで、莉奈さんを陥れようとする呪いに変わってしまったらしい。

でも、本当にお菊さんは、心の底から莉奈さんを道連れにしたかったのだろうか？『道連れにしても何にもならない』と言った短さんの言葉も、本当は、分かっていたのではないだろうか。

俺はおそるおそる尋ねた。

「あ、あの……、もしかして、室外機の下にお皿の破片を残したのは、わざとですか？　誰かに気づいて欲しくて……とか」

お菊さんは、ほんの少し黙ったあと、こくっとうなずいた。短さんは、目を細めて微笑み、優しく声をかける。

「ずっとひとりで抱え込んで、笑われて、苦しかったんですね」

「……はい。でも、こうして聞いていただけて、心が軽くなりました。もう莉奈さんにご迷惑はおかけしません」

「あなたがあなたらしくいられる場所が、きっとあります。東京の夜景は綺麗ですよ。お皿を数えてうつむいていては、もったいないです」

お菊さんの体が、井戸の中へすうっと消えていく。莉奈さんは立ち上がり、井戸の縁に手をかけ大声で呼びかけた。

「見物人なんか、お皿ぶん投げてみんなやっつけちゃえばいいよ！　あたしも頑張るから、お菊さんも頑張って！」

さわさわとした雰囲気がふっと消え、遠のいていた周りの音が戻ってきた。なんてことはない、夏の路地裏だ。何ごともなかったかのように、遠くで子供のはしゃぐ声が聞こえる。

「ふふ。おばけにあんなアドバイスができるなんて、あなたは素敵なひとですね」

「いやっ、そんな」

莉奈さんは恥ずかしそうにそっぽを向く。短さんは小首をかしげて笑った。

「人を大事にする莉奈さんにもきっと、あなたらしくいられる場所があると、僕は信じていますよ」

短さんが言うことは、全部本当にそうなのだと思ってしまうような、不思議な力がある。

口下手でうまく言えなかったけれど、俺も、莉奈さんには明るい未来が待っているのだろうと思った。

　東京へ帰る電車の中で、俺は短さんに聞いた。

「落語の皿屋敷って、よくできた面白い話ですよね。どうして短さんはそれを、莉奈さんに憑《つ》いている怪異だと思ったんですか？」

　短さんは、窓の外を見つめながら言った。

「僕は初めて皿屋敷を聴いたとき、ほんの幼い頃ですけど、なるほど面白いとひざを打った一方で、毎日お皿を数えて笑われているお菊さんはかわいそうだなと思ったのです」

「優しいんですね」

　彼は、ちょっと物憂げな目でこちらを見た。

「見えていますからね、怪異が。ただの作り話として聴いているのとはちょっと違うので、情が移ったり、親しくしたいなと思ったりもします。特段優しいわけではありませんよ」

　そうか。彼にとって落語の登場人物は、完全に『架空の人物』というわけではないのか。

　短さんは、ちょこっと首をかしげて聞いた。

「ぴこさん。不思議だと思いませんか？　妖怪《ようかい》や幽霊は、昔から伝わっている話で、嘘かまことか分からないものです。でも落語は、明確に、誰かの創作であることが分かっています。なぜ作り話が、本物の怪異になるのでしょうか」

「あ……確かに、言われてみればそうですね」

落語は、最初に誰かが作った演目を少しずつアレンジを加えたりしながら、噺家《はなしか》さんたちが語り継いでいるらしい。

その時代に合うようなジョークを交ぜたりもするし、落語の結末である『サゲ』自体を変えてしまうこともある。明らかに、人間の創作なのだ。

「僕は不思議なのです。どうして作り話が怪異になってしまうのか。どうして僕にはそれが見えるのか。そして、僕だけだと思っていたら、もうひとり見える方が現れた」

短さんは、少し照れたように笑う。

「ぴこさんのおかげで、またひとつ、大きな謎ができてしまいました。だから、研究家としてますます好奇心が芽生えてしまって……毎日が楽しいです」

そんな風に微笑まれたら、なんだかちょっと恥ずかしい。

「あの……、短さんは、いつから怪異が見えるようになったんですか？」

「十歳のときですね。元々は祖父が大の落語好きで、よく寄席《よせ》に連れて行ってもらっていました。初めて怪異を見た日は、夏休みで、ちょっと冷やっとする怪談噺をという趣旨のものでした」

彼が連れられて行ったのは、四藤亭春鳥《しとうていしゅんちょう》というひとの独演会。その中の『死神』という演目の途中で、ふっと、何かの気配を感じたのだという。

「たまらなくなって祖父にしがみついたら、祖父は『おうおう、怖いか』と、うれしそうにしていました。でも僕には、高座でおどろおどろしく話す春鳥さんの頭の横に、ぼやっとしたものが見えていたのです」

聞いていて、ゾクリとしてしまった。小学生の彼が、得体の知れないものを見てしまった恐怖を想像したら――お菊さんの殺気立った感覚は、大人の俺でも生きた心地がしなかったから。

「それで、どうなったんですか？」

「その日の寄席は何ごともなく終わりましたが、翌日の夜、春鳥さんが首を吊《つ》って亡くなりました。昇進したお弟子さんの特別公演でトリを務めたあとだったそうで、大盛況だったし、死ぬ理由がないからと……色々な憶測が飛び交ったようですけれど」

「やっぱり、亡くなったのは怪異の呪いなんですか？」

短さんは目を伏せ、ふるふると首を横に振る。

「彼の死が僕の見たものと関係があるのか、真相は分かりません。でも僕は、それから急に、色々見えるようになりました」

見えるようになった初くんは、怯《おび》えるのではなく知りたくなったらしい――彼が名乗った青野初というのは、正真正銘彼の本名だと、さっき聞いた。

「そして、なんとなく怪異や落語のことを調べるようになって、気づけば大学でもおばけ三昧《ざんまい》、途中で何の拍子か花札狂いになって、いまに至ります」

　語り終えた短さんは、上品な笑顔を浮かべる。そんな彼の顔を見て俺は、ちょっと聞いてみたくなった。

「あの……、うちの両親が仲悪いのって、怪異が関係してたりしませんか？」

　短さんは、大きな目をぱちぱちとさせる。

「と言いますと？　何かお心当たりがあるのですか？」

「いや、心当たりとかじゃなくて。なんか……怪異のせいだったらいいのにって思っちゃったんです。親のことを大事に思えないとか言いましたけど、やっぱり心のどこかで、信じたい気持ちもあって。父があんななのが、実は本人のせいじゃなくて、怪異に操られてるだけだったらいいのにな、とか」

　短さんは穏やかな表情で、ふんふんとあいづちを打った。

「お母様の退院は、お盆明けとおっしゃっていましたよね？」

「はい。何ごともなければ」

「ではその前に一度、お見舞いにうかがっても？　ぴこさんの考えのヒントにもなるかもしれませんし、僕自身も、勝五郎さんがお母様にどんな話をしたのか、気になっていたところですので」

母とも父とも、あの日のことはまだ何も話していない。触れないことで平和の均衡を保っている感じもするし、あえてつついてまた気まずくなったら嫌だなという気持ちもある。でも、短さんならあるいは……。

「はい。ぜひよろしくお願いします」

「優しいぴこさんを育てた方。どんなお人柄なのか、会うのが楽しみです」

育ててもらった、という実感はない。世話をしてもらったとか、大学まで上げてくれたとか、そんな気持ちしか持てないでいるけれど。

短さんの目から見たら、何か違って見えるのだろうか。

三章　死神

七月末の、蒸し暑い夜。短さんの家で、レトロな扇風機の直風を浴びながら、ＤＭの整理をしていた。

「短さん。変なＤＭが来てますよ。いや、変と言ったら失礼ですけど」

文机《ふづくえ》に向かう短さんの背中に声をかけると、彼はちょっと振り返った。

「どなたから？」

「内科のお医者さんからです。『働きすぎて、幽霊が見える体質になってしまったかもしれません。精神疾患からくる幻覚かとも思いましたが、偶然あなたの記事を見つけて拝見しているうち、落語の怪異ではないかと思い始めた次第です』云々《うんぬん》。だそうです」

お医者さんが、怪異なんて非科学的なことを信じて連絡してくるなんて……よっぽどリアルに酷《ひど》い目に遭っているか、はたまた、正常な判断ができないくらい過労でおかしくなっているのだろうか。

「働きすぎて見える体質に……何でしょうね。お仕事にまつわる怪異が出るのかなと思うのですが、それにしても発想が不自然です」

「はい。普通は、幽霊が見えるようになった原因を『働き過ぎたせい』とは考えないんじゃないかな、と思うので」

　短さんは、こぶしを口元に当て、ちょっと考えてから言った。

「いままでご相談いただいた方々を思い返してみると、『取り憑《つ》かれた』と表現なさる方はたくさんいましたけど、『見える体質になった』とおっしゃった方はいなかったように思います」

　なるほど。変なDMだと感じたのは、体質という表現がおかしかったのもあるのか。

　短さんはこちらへ向き直り、真面目な顔をして言った。

「想像ですが、この方は、複数の怪異を日常的に見ているのではないかと。たくさん出てくる演目のものに憑かれてしまったのか、あるいは、僕たちのお仲間発見か」

「お仲間……」

　なぜだかちょっと、微妙な気持ちになってしまった。なんとなく、怪異の話は、俺と短さんだけの秘密のように感じていたからだ。

　他にも見えるひとがいるかもしれないという当たり前のことが頭からすっぽ抜けていたことと、お医者さんなんて俺より役に立ちそうなのと、短さんとお医者さんの高度な会話に俺がついていけなそうなことと……なんだかすねている自分が子供みたいだと、困ってしまう。

　ばかなことを考えていないで仕事をしようと思い、再びパソコンに視線を落としたら、短さんが「ああ」と言った。

「そういえばぴこさん、この間、なすが食べたいとおっしゃっていましたよね」

「え？　あ、はい。よく覚えてますね」

　仕事をしながら、何の気なしにぽつっとつぶやいたことだ。

「きょうも夕食、召し上がっていくでしょう？　なす南蛮を作りたいと思っていて。お好きです？」

「はい、食べたいです。おいしそう」

　短さんは、ふふっと笑いながら立ち上がった。

「ぴこさんはなんでもおいしいと言ってもりもり食べてくださるから、作りがいがあります」

「だって本当においしいですし。毎回作ってもらっちゃって、すいません」

「好きでしていることですから、いいんですよ。それに、仕事柄、ひとりぼっちの食事が多いので……ぴこさんがいてくださると、それだけで楽しいですね」

　すたすたと台所に消えていく短さんの背中を見ていたら、なんとなく面白くなかった気持ちも、ふいっとどこかへ行ってしまった。やっぱり子供みたいだと自分に呆《あき》れつつ、むくむくと機嫌が良くなっていく。

短さんは俺のおかげで楽しいなんて言ってくれたけれど、多分俺の方が、よっぽど。ろくに友達が作れない俺には、誰かの手料理を食べながらなんでもないことを話すなんて、一生縁のないことだったかもしれないから。


甘辛い味が染みたなすを次々と口に放り込み、悶絶《もんぜつ》。さすが小料理屋の息子……と思ったところで、ふと、短さんの家族について何も知らないことに気づいた。

たしかご両親は、五年前にこの店をたたんだと言っていた。でもその後、どこへ行ってしまったのだろう。それに、なぜ短さんがここでひとり暮らしをしているのかも謎だ。短さんが料理上手なのは、ご両親が継がせるつもりで仕込んだのだろうか。

もしかしたら、うちみたいに、何か事情があるのかも？——それで俺のことを気にかけてくれている、とか。

「あの、短さんのご家族って、いまどこにいるんですか？」

顔を上げた短さんは、「ん？」と言って首をかしげたあと、のほほんとした声で言った。

「ハワイです」

「え!?」

予想外の答えに、思わず大声を出してしまう。

「五年前にハワイへ移住しまして、そちらで日本料理屋をしているみたいですよ。僕は行ったことがないのですけど」

「そうだったんですか……」

事情があるどころか、人生を謳歌《おうか》しているようだ。

「兄弟はおりませんので、この家は僕が譲り受けたのですけど……それが何か？」

「いや、普通に気になっただけです。それと、短さんが料理上手なのってご両親に習ったのかなとか、そっちも気になったので」

俺が聞くと、短さんは、ちょっと恥ずかしそうに笑った。

「元々は見よう見まねですよ。でも、ぴこさんがおいしそうに召し上がるから、最近はちょっぴり研究してます」

「え……」

なんと恵まれた職場なのだろう、と、思わず感動に打ち震えた。

DMをくれたお医者さんは、村田《むらた》繁夫《しげお》さんというひとで、総武《そうぶ》線・千駄《せんだ》ケ《が》谷《や》駅前にある内科クリニックの院長らしい。

ウェブサイトに載っていたプロフィールによると、今年五十四歳で、いくつかの大学病院に勤務したあと、三年前に開業したそうだ。

「すごい、綺《き》麗《れい》な病院ですよね」

電車の中で、隣に座る短さんに、スマホの画面を見せた。

地域密着型の小さなクリニック。院内の写真を見ると、キッズスペースがあったり、通いやすそうな雰囲気に見える。

「温かみがあって、町の方に愛されていそうですね。それに、村田さんのお人柄も」

院長紹介のページには、優しそうなおじさんの写真と、医療に対する思いがつづられている。誰もが平等に治療を受けられることを大切にしていて、訪問診療に力を入れていると書いてあった。

「どんな怪異なんですかね。俺のときみたいに睡眠の邪魔をするタイプだったら、すごい気の毒です。眠れないの、本当にきつかったので」

ただでさえ忙しいお医者さんがあんな目に遭っていたら、死んでしまうのではないかと思う。

「何にせよ、お困りごとが無事に解決できるように、頑張りましょう」

怪異研究家というよりは、お助け屋さんみたいな表情だ。

千駄ヶ谷駅から十分くらい歩き、村田さんの自宅に着いた。インターホンを押すと、五十代くらいの上品な女性が出てきた。

「一時から先生とお約束しておりました、青野と申します」

「いらっしゃいませ。お待ちしておりました。どうぞお上がりください」

開業医の奥さんなんてすごいマダムみたいな感じでも不思議はないのに、このひとも、家も、贅沢《ぜいたく》な感じではなく、割と普通だ。

奥さんのあとについて廊下を進み、リビングへ。お茶を用意してくれている間に、二階から村田さんご本人が降りてきた。

「はじめまして、村田です。わざわざご足労いただいて、ありがとうございます」

サイトで見た通りの温和そうなひとだ。ふたりが名刺を交換し合うのをぼーっと見届けたあと、ダイニングテーブルに向かい合って座った。

「早速、幽霊のことなのですが……。あなたの研究を知ってから落語について少し勉強しまして、私が見ているのは『死神』ではないかと思うのです」

驚くべきことに、もう、演目まで見当をつけてきた。

聞けば、おかしなことが起こりはじめてから、何が原因なのか自分なりに調べたそうで、病気から霊媒師まで……情報収集しているうちに、短さんが寄稿している雑誌のコラムを見つけたのだそうだ。『江戸落語の怪異』というなじみのないものだけど、直感で、これが一番しっくりきたのだという。

『死神』は怪談噺《ばなし》の代表格だし、命に関わりそうだ。もし本当にそうなら、一刻も早く離さないと危険だろう。

短さんは、室内をきょろきょろと見回したあと、少し声のボリュームを落として言った。

「わざわざ調べてくださったのですね。ありがとうございます。詳しいお話をお聞きしたいのですけど……ちょっとお待ちくださいね。周りに怪異がいるとまずいので」

短さんは聞き耳を立てながら、怪異の気配を探っている。俺も探してみたけれど、この室内にはいないように感じた。

「ぴこさん、いました？　僕は感じなかったのですけど」

「俺もいないと思います」

「へえ、そちらの方も怪異が見えるのですか。すごいですね」

しまった。ここまで空気に徹していたため、自己紹介もしていないよく分からないひとのままだった。

「あっ、青野さんのお手伝いをしている、桜木月彦です。大学生で、怪異はちょっと見えます」

しどろもどろになりつつ頭を下げると、村田さんは人好きのする笑顔で「よろしくお願いします」と言ってくれた。

　あいさつが済んだところで、短さんが話を戻す。

「ご本人が落語のあらすじをご存じだと話が早くて大変ありがたいのですが、絶対にそうだと分かったわけではない状態で話を進めるのは、少々危険なのです」

「と言いますと？」

「怪異を引き離すには、最終的に話し合いになりますので、そこまでに失礼があると、交渉がしにくくなります。こちらの勝手な決めつけで人違いのまま話してしまっては、相手の気分を害する可能性もあります。ですので、もしかしたら死神ではないかもしれないということも頭の片隅に置いて、話を聞いていただけますか？」

「なるほど。分かりました」

　相談する前に下調べをする、専門家の話はちゃんと聞く、そしてその話を素直に受け入れる。

　うんうんとうなずく表情を見て、きっとこのひとは、患者さんからの信頼が厚いだろうなと思った。

「ぴこさんは、死神のあらすじはご存じですか？」

「はい。短さんの子供の頃の話をしてもらってから、聴いてみました」

　死神のあらすじはこうだ。

貧乏な男のもとに、みすぼらしい老人の幽霊が現れた。聞けば、自分は死神で、儲《もう》かる方法を教えにきたのだという。

病人が死ぬかは、死神の座っている位置で分かるのだそうだ。死神が枕元にいると助からないが、足元にいる場合は呪文《じゅもん》で消える。死神は男に『呪文を教えるから、医者になれ』と言った。病人の家を回って、死神をひとりひとり消して回れば、大儲けのはずだった。

医者を始めた男は、一瞬で治す名医だと有名になったが、しばらくすると、枕元に死神がいる病人ばかりに当たるようになり、治せなくなってしまった。困った男は、病人の布団を反対に向け、枕元に憑《つ》いていた死神を足元にやり、呪文で消した。

すると、呪文を教えた死神がやってきて、『病人の寿命とお前の寿命が入れ替わった』と言い、いまにも消えそうな寿命のろうそくを見せてきた。男が助けを乞《こ》うと、死神は『燃え尽きる前に新しいろうそくへ火を移せれば助かる』と告げる。しかし……。

「死神のサゲはバリエーションがありますが、一般的なのは、火を移すのに失敗して死んでしまうパターンです。死神が『早くしないと消えるよ』と何度もささやいて、焦って手が震えてしまいうまくいかない、という。ぴこさんが聴いたのはこれでしたか？」

「はい、そうです。最後は、『ああ、消える……』って言って、噺家さんがばたっと倒れて終わりでした」

　村田さんは、少し浮かない顔をして言った。

「私が見ているものは、その落語と同じなのですよ。患者さんの周りに、老人の幽霊が座っています。患者さんの寿命が座っている位置で分かるという法則も、落語の通りです」

「怪異は全て同一人物ですか？」

「いえ。患者さんごとに違う幽霊が座っているので、三十人くらいは見たと思います。ただひとつ落語と違うのは、私が見えるようになったきっかけが、何かに話を持ちかけられたわけではなく、ある日突然ぽっと見えるように……」

　と、そのとき。村田さんのスマホが鳴った。村田さんは画面を確認したあと、「ちょっと失礼」と言って、部屋を出て行った——瞬間、俺は崩れるように机に突っ伏した。

「っだあ……！」

「あらら、ぴこさん、どうしました？」

「……どうっていうか、えっと、正直に言いますね？　死神なんて怖いですっ。やだ、死にたくない」

　先ほどは平気な顔をして話していたけれど、実は『死神』を聴いた日の夜は、怖くてお風呂《ふろ》に入れなかった。ただの落語と思えればよかったけれど、リアルに見てきた怪異のことを思い出すと……。

　半泣きの俺を見て、短さんはふふっと笑った。

「大丈夫ですよ。本当にそうと決まったわけではありませんから。村田さんの診察についていけば、死神かどうか確かめられます」

「本当に死神だったらどうするんですか？　いや、短さんはもう分かってるんだ。俺をだまして連れて行く気で……」

　バイト代をもらっている身でこんな駄々をこねるなんて、どう考えてもだめだ。でも、命には代えられないし。

　しかし短さんは、のほほんとした調子で答えた。

「僕にだって分かりませんよ。でも、もし本当に村田さんが見ている怪異が死神だとしたら、患者さんの周りにいるのはおそらく『その他大勢』の方の死神です」

「……？　どういう意味ですか？」

「筋書きをよく思い出してください。医者になれとそそのかした悪い死神と、病人の床に座っている死神たちは別です」

「あっ、そっか。男は医者のフリをして、モブの死神たちを呪文で消して回ってるんですもんね」

短さんはにっこり笑ってうなずいた。

「落語の話通りだとしたら、患者さんのもとに現れる死神たちは、ただ寿命に則《のっと》って座っているだけなのではないかと。どうして見えるようになってしまったのでしょうね。呪いでもかけられたのか……」

考え込む短さんを見ていたら、ふと疑問が湧いた。

「……あの。俺、不思議なんですけど、なんで村田さんはそれで困ってるんでしょうか。もし自分が医者で、患者さんの寿命が見えたら、むしろラッキーだと思うんですけど」

「確かに、おっしゃる通りですね。戻られたらご本人に聞いてみてください。自分で言えますか？」

子供のおつかいみたいに言われてしまったので、小さな声で「がんばります」と答えた。

村田さんが電話から戻り、話を再開した。短さんが視線で応援してくれているので、緊張しつつ尋ねる。

「あの、ひとつ質問なんですけど……なんで村田さんは死神が見えると困るんですか？　人の寿命が分かったら、お医者さんは便利なんじゃないかなと思ったんですけど」

村田さんは苦しそうな顔で答えた。

「私は、ひとりでも多くの方の命を守りたいと思って日々働いておりますので、患者さんの枕元に死神を見てしまうと、辛《つら》くて悔しくて、たまらないのです」

「あっ、なるほど……逆なんですね……」

安易に変なことを聞いてしまったと後悔したけれど、短さんの様子をちらりと見たら、『よく頑張りました』といった感じで、少し微笑んでいた。

俺がぐるぐると反省している間にも、ふたりの会話は進む。

「それはすべての患者さんに見えるものなのですか？」

「いえ、訪問診療の患者さんだけです。お年寄りや体の不自由な方など、通院が難しい方のご自宅へ訪問して診察を行っているのですが、急にぽっと現れるのです。こんにちはと言っていつも通り患者さんの寝室へ入ったら、ぼんやりとした姿の老人が、黙って座っている」

村田さんが言うには、最初の頃は出るたび驚いていたし、なぜこんな幻覚を見るのだろうという恐怖が強かったけれど、そのうち、怒りと無力感で心が蝕《むしば》まれていくような感覚になっていったのだという。

「またいたらどうしようかと思いながら一軒ずつ回るのも疲れますし、足元に見えたときは、怪異と医療の戦いです。祈るような思いで考えつく限りのことをして、次に行ったときにいなければ私たちの勝ち、だけど、枕元へ移動していたときの絶望はなかなかこたえます」

一生懸命助けようとしているからこそ、死神の存在に振り回されるのが、精神的にきついのだろう。

「一番ショックを受けるのは、先週まで何ともなかった方の枕元に座っているときです。愕然《がくぜん》とすると同時に、手立てがないとあきらめてしまいそうになる自分が情けなくて。医者が命をあきらめたら、誰が患者さんを救えるのか」

「すみません、村田さんの気持ちも考えずに変な質問しちゃって」

耐えきれず謝ったら、村田さんは少し困ったように笑って言った。

「いやいや、いいんですよ。話せて少し楽になりました。聞いてくれてありがとう」

何と答えていいか分からず、無駄にぺこぺこと頭を下げる。神妙な顔つきで聞いていた短さんが、さらりと提案した。

「もしよければ、僕たちを診察に連れて行っていただけないでしょうか。もちろん、無理にとは申しません。法律やプライバシーなどの問題もあると思いますので」

「もちろん、ぜひよろしくお願いします。同行の看護師と患者さんやご家族には、研修医ということで説明しますので」

　毎週水曜の午後が訪問診療の時間ということなので、次の診療に同行させてもらうことにした。

「それではまた三日後、よろしくお願いします」

　短さんが品よく頭を下げたので、俺もそれに合わせてお辞儀をし、村田宅をあとにした。

　駅への道のりを歩きながら、尋ねる。

「短さんの言った通りっぽいですね。患者さんのそばにいる死神は、何もしないで座ってるって」

「ええ。もし故意に寿命を縮めたり殺そうとしているのなら、何週間も足元に座り続けているというのはおかしいので」

　なぜ村田さんが見えるようになってしまったのかは、やはり死神に話を聞くしかないのだろう。怖さで気が重くなる。

　しかし考えをめぐらせるうち、それを上回る恐怖が頭を占領し始めた。

「あの……、研修医のふりするんですよね？」

　素人っぽい発言をしたり、まごついているようでは、患者さんに不審がられてしまいそうだ——足手まといになる自分を想像しかけて、小さくかぶりを振る。

短さんは、ふふっと笑って言った。

「僕の後ろでにこにこしていれば大丈夫ですよ。一応、聴診器の当て方くらいは動画で予習しておきましょうか」

「うう、緊張する……」

短さんは、大人だし頭の回転も速いから、知らない話を振られてもどうにかできるだろうけれど——日常会話すらおぼつかない俺がボロを出さないか、本当に心配だ。


水曜の、よく晴れた午後。太陽光がたっぷり入るアットホームな病院で、俺は、神々しく白衣をひるがえす偽医者をぽかんと眺めていた。

「青野先生……すてき……」

受付の女性事務の方々が、うっとりと見ている。

「ぴこさん、どうでしょう。お医者らしく見えますか？」

居心地悪そうに照れながら聞いてくる短さんは、どこからどう見ても、腕利きの内科医だった。大学病院の長い廊下を、さわやかな笑みをたたえて歩いているような。

他方、俺は。

「いやあ、桜木くんは研修医でごまかせるかな？　ははは」

「学生という設定の方がよろしいかと」

和やかに話すふたりにくるりと背を向け、うつむく。

分かっている。どう見ても白衣は似合っていなくて、医者というより、夏休みの科学実験教室に来た中学生みたいな——自分で言うのも虚《むな》しいけれど。

ベテラン女性看護師の緑川《みどりかわ》さんが運転する車に乗って、患者さんの家を回る。

ぼんやりとしたイメージで、患者さんの様子を聞いて薬を処方したりするのかと思っていたのだけど、車に積み込んだ荷物を見て、想像以上に本格的な治療をするらしいということが分かった。

点滴とか酸素とか、重たい機器がたくさんあって、本当に大変な仕事だ。そして、親身になって患者さんに向き合う村田さんの姿を見ていると、死神に対して悔しいと言っていた気持ちも、よく分かる。

三軒目の家の前に着き、緑川さんがインターホンを押しに行ったところで、村田さんがふうっとため息をついた。

「ここは死神が出ます。二週連続で足元にいて、薬の処方を少し変えたのですが、うまくいっているかどうか……」

短さんは周りに他の怪異がいないかを見ているようで、じっと黙って、様子をうかがっている。動く様子がないので、代わりに俺がお願いすることにした。

「あの、みなさんにちょっと席を外してもらって、死神と話す時間を作って欲しいんですけど……」

なるべくこちらの話が聞こえない部屋に移動して欲しい旨を伝えると、ご家族と緑川さんを交えて、別室で今後の治療方針を話す時間を設けてもらえることになった。

器具を運ぶ手伝いをしながら、患者さんのいる寝室に向かう。

「こんにちは。診察に参りました」

村田さんの後ろに続いて入ると、大きな介護用ベッドにお年寄りの女性が寝ていた。

その足元には……。

「ぃ……っ！」

危うく悲鳴を上げそうになるのを、寸前で呑《の》み込んだ。

患者さんの足元の床に、ボロボロの襦袢《じゅばん》姿の老人が、うつむいて正座をしている。

落語の話通り、ただの『みすぼらしい老人』という感じ。鎌を持っているわけでもないし、殺されそうな恐怖はないけれど、とにかく気持ちが悪い。

態度に出ないよう、平静を装う。短さんはどうかと目線で聞いたら、真顔で小さくうなずいた。村田さんは一瞬だけ死神の方を見たあと、ベッドへ笑顔を向けた。

患者の大貫《おおぬき》ヨシエさんは、八十四歳で、いくつかの合併症を抱えているそうだ。ここ一年ほど寝たきりだというが、ゆっくりなら会話はできるらしい。

「ヨシエさん。きょうは、お手伝いで若い先生方が来てくださっています」

村田さんが、少し大きな声で耳元に話しかける。短さんはささっとその横に移動してベッドの高さに合わせてしゃがみ、満面の笑みであいさつをした。

「青野と申します。よろしくお願いしますね」

「まあ……二枚目ねえ」

お年寄りでも、顔の整った男性の前では乙女の顔をするらしい。緑川さんが道具を広げながら笑う。

「大貫さん、そんなこと言ったら院長がすねちゃいますよ」

「いやあ、私も若い頃は少しモテたはずなんですけどねえ」

和やかな雰囲気で診察が進む。短さんが、うまく先生のお手伝いをしながら、ヨシエさんに話を聞いた。

「お加減はいかがですか？」

「きょうは、少しいい、かしら」

「それはなによりです。肌つやがよろしいようにお見受けしますし、そうかなと思っておりましたけど」

「若いひとがいると、ねえ」

文筆家にしておくにはもったいないトークスキルに舌を巻きつつ、ちらちらと死神の様子をうかがう。

死神は、じっと床を見つめたまま、微動だにしない。確かにそこにいるという存在感はあるのに、機械も人間も死神をすり抜けていくので、不気味だ。

「ずいぶん若いけど、学生さん？」

後ろから声をかけてきたのは、五十代後半くらいの女性。長男のお嫁さんがお世話をしていると、あらかじめ村田さんから聞いていた。

「あっ、はい。青野が勤務する大学病院の学生です」

慌てて頭を下げ、丸暗記のセリフで尋ねる。

「あの……ここ二週間くらいのことを聞かせてもらえませんか？　ヨシエさんの様子でも、ご家族の話でも、何でもいいので」

「何でも？」

「はい。えっと、患者さんの日常をレポートにまとめたくて、みなさんにお聞きしているんです」

拙《つたな》い質問を信じてくれたらしい奥さんが、しんみりと語り始めた。

「先々週の水曜日の朝から、急にお義母《かあ》さんが激しく咳《せ》き込むようになってね。先生が来る日だったから待っていたんだけど、いらしたら先生が仰天されて。よっぽど悪いのかと思って心配したんだけど、色々処置をしてくださって、その後は少し落ち着いたかしら。波はあるけど、すごく悪くなったりはしていないから。でも、いつどうなるか分からないしね。こうして定期的に先生が来てくれるのはありがたいのよ」

　落ち着いたとは言っているけれど、死神は消えていないのだから、回復も悪化もしない、ギリギリのところなのかもしれない。

　そんなことを考えてぼーっとしていたら、奥さんに、笑いながら肩をバシンと叩《たた》かれた。

「書くならついでに、『久々にイケメンとおしゃべりしてときめいてた』って書いといて。お義母さんのあんな顔、久しぶりに見るから、うれしいわ。私もときめいてるけどね。彼、独身なの？」

「え……あ、はい。そうみたいですね」

　なぜか恋人がいるかまで聞かれたけれど、分からないと答えておいた。


　全ての診察と処置が終わり、手はず通り村田さんが連れ出してくれて、室内には俺たちとヨシエさん、そして死神がいる状態だ。

「ぴこさんは、ヨシエさんとお話ししていてください。なるべく大きな声で。その間に僕は、死神と話します」

　ヨシエさんの耳が遠くて助かった。俺が気を引いていれば、短さんが誰もいない方向へ話しかけているのにも気づかないだろう。

「こんにちは。桜木月彦と申します。ごあいさつが遅れてすみません」

大きな声で、ゆっくり話しかける。

「あらあら……可愛らしい」

ヨシエさんから見たら、孫の年齢だろうか。うちは、母方の祖母は俺が小さい頃に亡くなってしまったし、父方の祖父母とは疎遠だ。母と折り合いが悪いのだろう。目の端にしわを寄せて微笑むヨシエさんの顔を見ながら、おばあちゃんってこんな感じなのかな、と思った。

口下手な俺とゆっくり話すヨシエさんは、意外と話のテンポが合っていて、なんとか注意を引きつけることに成功している。背後では、短さんが死神の真正面に座って話しかけているけれど、小声なので、内容は分からない。

「ヨシエさんは、どんな食べ物が好きなんですか？」

「……ようかん」

「あ。ぼくこの間、水ようかんを食べ……」

と言いかけた、そのとき。ぼそっと低い声が聞こえた。

「なんだこいつ、口もきけねえのか？」

まずい。短さんが怒っている。

ちらっと目線だけ向けると、短気メーターがぐいぐい上がっている――一応、死神に見えないようにしているギリギリの配慮は感じるけれど。

「あー、ヨシエさん、ごめんなさい。ちょっと待っててくださいね」

少し笑ってさっと立ち上がり、短さんの背中に強めの蹴《け》りを入れる。

「ったぁ、何しやがんだ……っ」

と振り返ったところで、短さんは我に返ったらしい。心底申し訳なさそうに深々と頭を下げたあと、死神の方に向き直った。

慌ててヨシエさんのところに戻ると、半分くらい目を閉じていた。

「たくさんおしゃべりして、疲れちゃいましたよね」

返事の代わりに、ゆっくりとまばたきをする。

「おやすみなさい。またいつかお会いできたらうれしいです」

ヨシエさんが眠ったのを見届けて、短さんの隣に座った。短さんは、先ほどとは打って変わって、困ったように口元にこぶしを当てている。

「弱りましたね。聞こえてはいるようですし、わざと無視しているようにも思えないのですけど」

死神の表情を見ていると……なぜだか急に、この怪異の気持ちが分かるような気がしてしまった。

突然話しかけられても、何を答えればいいか分からず、うつむいて固まってしまう。

相手が気を遣ってフレンドリーにしてくれても、何も反応できなくて——普段の自分じゃないか、と。

「あっ、あの……死神さん。別に個人的な会話をしたいとかじゃなくて、ただちょっと聞きたいだけなんですけど。聞いたらすぐ帰りますんで」

死神が、ぴくっと動いた。

「えっと、あなたは、急にここに来たわけじゃないですよね？　ずっといたのに、急に見られてびっくりしてるんじゃないですか？」

死神が初めて顔を上げた。視線は合わせず、こくっとうなずく。

「俺も、気持ち分かります。目立たないようにしてたら急に注目されて、困るの」

死神の雰囲気が和らいだ。短さんはほっとしたようにため息をつき、頭を下げた。

「そうだったのですね。大変失礼しました。実は僕たちは、村田さんに何かをした死神を探しています。心当たりはありませんか？」

しかし死神は、怯《おび》えた表情を浮かべるだけで、何も答えない。もしかしたら、緊張しているわけではなく、本当にしゃべれないのかも……？

どうするのだろうと思って短さんの方へ振り向いたら、彼は、見たこともないような冷たい目をして、死神の耳元にささやきかけた。

「四藤亭春鳥さんに関わった死神ですか？」

死神はわずかに震えながら、こくりとうなずく。短さんはふっと表情を戻し、優しい声で言った。

「教えてくださりありがとうございました。僕が話してきますから、あなたはこれまで通り、平和に仕事をなさってください」

すっと立ち上がり、さっきの表情が嘘だったみたいに、綺麗《きれい》にこちらに笑いかけてきた。

「さあ、行きましょう。ぴこさん、大事なヒントをありがとうございました」

座ったままの死神に頭を下げて、寝室を出る。さっきの質問が何だったのかは、聞ける雰囲気ではない。

「あの死神、消えるんですか？」

「それは、ヨシエさんの生命力と村田さんたちの頑張り次第だと思いますが、それを踏みにじる死神の元締めは許せませんね。お説教に行きますよ」

俺たちが廊下に出てきたのに気づいた村田さんが、ご家族との話を切り上げてきてくれた。

「何か分かりましたか？」

「ええ。残念ながら、ヨシエさんの足元にいる死神はまだ消えていないのですけど、原因にはたどり着けそうです。ふたりで行って参ります」

「そうですか。ありがとうございます。患者さんたちのためにも、どうぞよろしくお願いします」

人を殺したかもしれない怪異に会いに行くなんて、本当は怖い。けれど、頭を下げる村田さんの気持ちを思えば、怖がっている場合ではない。

もう一度振り返る。寝室の戸の隙間から、眠るヨシエさんの姿を目に焼き付けた。


まだ何軒か回るという村田さんたちとは別れて、ふたりで歩いて駅に向かった。

「四谷ほととぎす亭という小さな寄席《よせ》がありまして、お目当ての怪異はおそらくそこにいます」

「四谷？　うちから近いですか？」

「ええ。ぴこさんのお宅からですと、十五分くらい歩けば着くのではないかと」

四谷ほととぎす亭……どこかで聞いたことがある名前だ。なんだっけ、としばらく頭をひねったところで、ふいっと思い出した。

「あ。そこって、初めて助けてもらった日に短さんが行ってた寄席ですよね？」

「はい、そうです。四藤亭の高名な方が私邸を作り替えて開いたところで、一門の方々の寄席が行われています」

「もしかして、短さんが子供の頃に死神を見た場所がそこなんですか？」

「ええ、そうです。また会えないかと思って定期的に通っているのですけど、あれきり一度も姿を見せないのですよね」

二十年も通っている……？　すさまじい執念だ。あるいは、積年の恨みのようなものがあるのか——さっきのあの冷たい目を思い出すと、後者な気がする。

「そんなにたくさん通っても出てこないんなら、そこにはいないんじゃないですか？」

「いいえ、気配はするのですよ。ゾクゾクと、僕を怖がらせて楽しんでいるのですかね。まったく、卑怯《ひきょう》な怪異です」

「出てきてくれますかね？」

「ちょっと考えがあります。金曜日は、なるべく汚くて冴《さ》えない服装でおいでください」

にっこり微笑まれても、全然意図も基準も分からない。というか、そもそもファッションセンスを持ち合わせていない自覚はあるので、これ以上冴えない服なんてあるだろうか。

「分かんないです。どんなのか具体的に教えてもらえないと」

「ええと、たとえば……」

と言って短さんが指差した先には、リサイクルショップ。

「あれなんか、とても良いですね」

すたすたと近寄って百円ワゴンから手に取ったのは『ＬＯＶＥ』と大きく書かれたキャップ。

「めちゃくちゃダサいですね」

「ええ。いい感じです。あと、これとかどうです？」

昭和の野球漫画みたいなＴシャツに、くしゃくしゃのハーフパンツ。

「……これ着るんですか？」

「はい。ぴこさんのお姿を見たら、きっと喜んで出てきますよ」

「えっ、おとりになるってことですか？」

怯えて尋ねると、短さんはおかしそうに笑いながら首を横に振った。

「いえいえ。どうやら僕のことは嫌いみたいですから、僕があれこれするよりも、ぴこさんが親近感を演出してくださる方がうまくいくような気がして」

親近感……とつっこみを入れる間もなく、短さんは商品を持って店の中に入っていき、レジに声をかけた。

「すみません、試着させていただいてもよろしいでしょうか」

かったるそうに店番をしていたおばさんが、短さんの顔を見て仰天している。そりゃそうだ。こんな美形のひとが漫画Ｔシャツなんて、どう考えても似合わない。

「ええと、本当にこれでいいんですか……？」

「はい。この子に着せますので」

おばさんは俺の顔を見ると、「ああ」と言って納得したようにうなずいたあと、短さんから服を受け取った。

「試着、どうぞ」

なんだろう、すごく理不尽だ。

死にたくなりながら試着室に入り、もそもそと着替える。分かっていたけど、ダサい。こんな姿で自宅の周りを歩かなければならないのかと思うと気が重いけれど、村田さんやヨシエさんのためなら仕方ない。

思い切り笑われたらどうしようと思いながらカーテンを開けたら、短さんは両手を顔の前で合わせて、にっこり笑った。

「思った通りです。とてもよくお似合いですよ」

「全然うれしくないです」

思わず眉間《みけん》にしわを寄せたけれど、店員さんもなんてことはない風に「そのまま着て帰りますか？」なんて言い出したので、本当に恥ずかしかった。

「靴はどうするんですか？」

俺が尋ねると、短さんは足元に転がったスニーカーを見て、微笑んだ。

「そのままでよろしいかと」

なんとなくむくれながら店を出て、洋服が入ったビニール袋をぶらぶらしながら歩き出した。

一応買ってもらったお礼を言おうと思い、短さんの顔を見たら……急に照れてしまった。

思えば、誰かと一緒に買い物に出かけて服を選んだりしたことなんて、初めてだ。買ったものは変だけど、それはそれで面白かったような。

「あの……買い物、楽しかったです。わざわざ選んでくれて、ありがとうございました」

ぺこっと頭を下げると、短さんは眉根《まゆね》を寄せて笑った。

「いえいえ。むしろこちらこそ、忙しい時期にお手伝いしていただくことになってしまって、恐縮しきりなのですから」

「う……？　言いましたっけ？」

「いえ。なんとなく、そうかなと思っただけです」

実は、あと二週間足らずで夏休みに入るので、休み前の提出物でてんやわんやだったりする。短さんにはばれないようにしているつもりだったのだけど、態度に出ていただろうか。

ぽりぽりと頭を掻《か》いていたら、短さんが、急に斜め上の空中に向かって笑った。

「なんですか？」

「新三郎が心配しているような気がしまして。彼はなかなか、情に厚い人物なのですよ」

見えない怪異にまでばればれだなんて、お恥ずかしい限りだ。

「ぴこさんがいると何でも早く済むので、つい頼りきりになってしまいます。でも、学生さんは勉強が本分ですからね。無理なさらないで、都合がつかないときはおっしゃってください」

頼りきり？　いや、ただくっついて行っているだけだし、むしろごはんを食べさせてもらったりしているくらいだから、頼られた覚えなんて一度もない。

「あの、俺、ちゃんと役に立ってますか？」

「ええ？　もちろんですよ。ぴこさんがいなかったら……つまらないですもの」

ねえ？　と言って短さんは、楽しそうに空中へ呼びかけた。

金曜日の夜、十一時。四谷ほととぎす亭の前で、短さんの到着を待っていた。

分かっていたことではあるけれど、とてつもなく恥ずかしい。胸の前で、LOVEキャップを握りしめる。

早く着いてしまったことを心底後悔したところで、シンプルな白いシャツに紺色のくるぶし丈パンツ姿の、知的で美貌《びぼう》に恵まれた青野短さんがやってきた——やっぱりちょっと、恨んでいる。

「こんばんは、お待たせしました」

「……自分でも変な格好だなとは思ってましたけど、短さんと並んだら絶望的です」

「大丈夫ですよ、ぴこさんの可愛らしい雰囲気にぴったりです」

楽しそうだ。この間の感じでは、ここにいるらしい死神に相当な因縁があるようだったから、もしかしたらぴりぴりしているのではないかと思っていたのだけど。

「それで、宿題は考えてきましたか？」

「はい。『貧乏で家賃が払えなくて大学にも行けなくて、アルバイトの怪異探しは薄給なうえに、上司がパワハラすぎて死んでしまいたい』ってことにしました」

「まあ、すばらしい。いかにも死神が好みそうな、悲惨な悩みです」

短さんが立てた『親近感を演出する』作戦は、やっぱりおとりだった。自殺願望のある哀れな青年のフリをして死神をおびき寄せるという、なんのひねりもない方法だ。

「ささ、入りましょう。ごめんください」

がらがらと引き戸を開けて、中へ入る。室内は奥行きのある畳敷きの部屋で、三十人くらいは座れそうだ。奥が一段高くなっていて、座布団が敷いてあるので、あそこに座って話をするのだろう。

「こんばんは、短先生」

出迎えてくれたのは、四十代くらいの男性。着物を着ているので、多分噺家《はなしか》さんだ。

「やめてください、先生だなんて」

「いやいや、この間も見たよ、雑誌の対談。初くん、かっこいいもんねえ。画《え》になってた」

「恐れ入ります」

困ったように笑いながら、ぺこっと頭を下げる。本名で呼ぶということは、昔からの仲なのだろうか。

「それはそうと、急に無理を言ってすみません。ありがとうございます」

「いやいや、若い子が寄席《よせ》を見学したいなんて、貴重なことだからね。ええと、僕は四《し》藤亭《とうてい》飛介《とびすけ》と言います。君、お名前は？」

「桜木月彦です。寄席のチケットも買えないくらい貧乏です」

……下手くそか！　と、思わず自分につっこみを入れる。飛介さんも頭の上に疑問符をぽんぽんと浮かべていて、変な奴だと思われたに違いない。

絶望していると、短さんが苦笑いしながら付け足した。

「僕に憧《あこが》れて弟子入りしてきたのですけど、どうにも要領が悪くて、仕方がないので無給で働かせているのです」

短さんも大概下手くそだった。いや、そりゃそうだ。本当はすごくいいひとで、そんな邪悪なことなんて一度も考えたことがないのだから。

しかし、何かを察したらしい飛介さんは、ニヤニヤと笑いを噛《か》み殺しながら話を合わせてきてくれた。

「そんな酷《ひど》い労働条件でもついてくるなんて、よっぽど短先生のファンなんだねえ。小さい頃からよく知っているから、何か質問があったら教えてあげるよ。初めて買ったＣＤとか」

「ええ？　そんなの教えたらだめですよ、恥ずかしい」

「残念ながらアイドル歌手じゃなくて、うちの売店に置いていた『四藤亭名人集』だけどね。へへへ」

きさくなひとだ。短さんが心を許しているのもよく分かる。

「じゃあ、鍵《かぎ》は師匠の家のポストに入れておいてね」

「はい、ありがとうございます」

慣れた感じで鍵を渡すと、飛介さんは手を振って帰っていった。どういうことかと聞けば、半月に一度、一門のひとたちが帰ったあとに、ひとりで残って死神と話すことを試みているそうだ。

「他人に鍵なんか渡して大丈夫なんですか？」

「十歳から家族ぐるみの付き合いですからね。もう二十年になります。夜お借りするのも、大学時代から何年もやっていることですので」

　飛介さんは、短さんが怪異を見ることができると知っていて、色々協力してくれるらしい――先ほどの雑な寸劇に合わせてくれた理由も分かった。

　俺はこそっと耳打ちする。

「ここに死神が出ることは、飛介さんは知ってるんですか？」

「いえ、それはお伝えしていません。だって嫌でしょう？　大事なお師匠さんを殺したかもしれないおばけが棲《す》みついているだなんて」

　短さんの言う通り、いまから対峙《たいじ》しようとしているのは、春鳥さんの自殺に関わった可能性のある死神だ。いままでのように話が通じるとも限らないし、最悪、俺たちも殺されてしまうかもしれない。

　それでも逃げ出さないでいるのは、単純かもしれないけれど、短さんが俺のことを『いないとつまらない』と言ってくれたからだ。それに、ヨシエさんも。記憶にない祖母の姿を重ねて、あのひとのために精一杯やらなければと思う。

　短さんはきょろきょろと辺りを見回すと、少し声を張り気味に言った。

「それでは僕はもう帰ります。絶対に、絶対に、ここから一歩も出てはいけませんよ。

出たら罰金を取って鞭打《むちう》ちにしますからね！」

短さんの中の『パワハラ上司』像はどうなっているのか……。内心頭を抱えつつ、怯《おび》えた風な返事をし、短さんを玄関先まで見送った。

電気を消して、高座にだけスポットライトが当たった状態にする。そして作戦通り、座布団を並べて寝そべって、死神に聞こえるようひとりごとをつぶやいた。

「もう死んじゃいたいなあ。貧乏でこんな変な服しか買えないし、学費も払えないし、バイトを変えたいけど怖くて言い出せないし。死んじゃいたいなあ」

何も起きない。気配すらしない。やはり下手な芝居を打っても、死神にはお見通しなのだろうか。

ごろりと寝返りを打つと、ＬＯＶＥキャップが目に入った。

愛、なんて、自分にとっては最も縁遠いものだ。誰かからもらった覚えもなければ、自分が誰かに与えたこともない。数少ない家族の思い出を掘り返してみても、それに愛情がこもっていたかの判断すらできないほど、愛というものに関しての知識がなかった。いや、だからと言って、生きるのに不自由があるというわけでは――

「おい……」

「わっ⁉」

低い声が耳元で聞こえて、飛び起きた。姿は見えないけれど、ゾワゾワと背筋に悪寒が走る。

「小僧……おめえ、死にたいんだろう。誰にも愛されねえなんて、可哀想なやつだ……」

「し、死にたくないですよ！　そんな、そういうのは関係ないんで！」

思わずムキになって大声を上げてしまった。ハッとして口を押さえ振り向くと、すぐ真後ろに死神がいた。

落語の通り、やはり老人だ。ガリガリにやせて、骨と皮。薄い白髪は、柳の木の枝みたいに肩くらいまでぼさぼさにのびていて、灰色の着物の襟元は、あわせが逆になっている。大貫家で見た死神とは違い、皮膚感覚で『死』を意識してしまう、嫌な陰《いん》鬱《うつ》さがある。

「えっと、死ぬのは……」

慌てていると、乱暴に引き戸が開いた。そして、口の端を吊《つ》り上げた短さんが、死神に向かって小ばかにしたように言い放った。

「はーん、てめえが偉《えれ》え死神か。貧相なうえにとんだ節穴だな。その子はどこへ行っても可愛がられっぱなしで、死ぬだなんてとんでもねえよ、この半ちくが」

「……おめえは」

「二十年ぶりにこんばんは。青野初です。お話ししましょう？」

怒り心頭に発する、美しい笑顔だった。

寄席の中は、指ひとつ動かせないような緊張感に包まれた。死神はじっとりと短さんを見ていて、短さんも据わった目をしている。

しばしにらみあったあと、死神が、不自然なほどゆっくりとしゃべり始めた。

「……二十年もしつこく通ってきやがって。おめえの顔など見たくもねえのに……忌々しい」

「ええ？　僕はお会いしたかったですよ。人の死ぬ知らせなんて見せられて、幼心に傷ついたのですから。はらわたの煮えくり返る思いで、もう一度、ひと目だけでも、と。きょうはお会いできて光栄です」

口調こそ丁寧だけど、いまにも殴りかかりそう。他方、死神は、ずんっとした重苦しい雰囲気のままだ。そして、のっそりとつぶやく。

「きょうこれきりで、二度と会わねえように祟《たた》ってやろう……」

まずい。このままでは、けんかを買った短さんが火に油を注いでしまう。俺は大声で話を切った。

「ぼくたちはっ！　えっと……！　む、村田先生というお医者さんのことを聞きにきました。急に死神が見えるようになったって言ってたんですけど……あなたがそうしたんですか？」

尻《しり》すぼみに尋ねると、死神は、すうっとこちらに体を向けた。

「ああ……そうだよ。あの医者のせいで、商売上がったりだからな……」

「商売といいますと？　死神は稼業なのです？」

すかさず短さんが聞くも、死神はそちらを見もしない。話すつもりがないのだろう。

仕方なく俺が同じように聞くと、死神は、抑揚のない声で答えた。

「寿命の尽きそうな人間の横に座るのが、死神の仕事だ……。それがなんだ……近頃の人間は、あの手この手で寿命を延ばしやがる……」

「じゃあ、村田さんに死神たちを見せて、心を折ろうと思ったってことですか？」

「……あんな意地っ張りな医者は、見たこともないね。少しも怖気《おじけ》づきやしねえ……」

死神の抑揚のないしゃべり方は、下手に脅されるより、強い恐怖感がある。怯えを見せないよう、努めて平静を装って尋ねた。

「ぼくたちが見た死神は、あなたに怯えているようだったんですけど、あなたは他の死神を操っているんですか？」

すると死神は、にんまりと薄気味悪く笑った。

「……江戸の死神はみーんな、どこっかしらの寄席《よせ》に憑《つ》いてるんだよ」

短さんがぱっと顔を上げ、眉《まゆ》をひそめた。俺は耳打ちをして聞く。

「寄席って、そんなにたくさんあるんですか？」

「ええ。ここのような小さな寄席もあれば、ホールのような大きなところもあります。都内にいくつかありますから、地域ごとのグループになっているのでしょう」

四ッ谷から千駄ケ谷までは二駅。この一帯を、四谷ほととぎす亭に憑いた死神たちがうろうろしているということなのだろうか。

「四谷のあたりをあなたが仕切ってるってことですか？」

「ああ、そうだ」

ぽつっと答えた死神は、ぎぎぎと首だけ短さんの方へ向けて言った。

「おめえのおかげで、こんなしみったれた寄席でやる羽目になった……。末代まで呪ってやる」

短さんは、厳しい表情のまま首をかしげ、聞き返した。

「僕のせい？　はて、何のことでしょう」

「おめえに見られたせいだ……」

そう言ったきり、微動だにしない。表情も全くの真顔。なのに、ゾッとするような怨念《おんねん》を感じる。しかし短さんは呆《あき》れた様子で、軽くため息をついて言った。

「なんだ、そんなこと。それは僕のせいじゃなくて、あなたが間抜けだっただけでしょう？　逆恨みもいいところです」

　死神から、どす黒い気配が漂う。思わず短さんの服の裾《すそ》を摑《つか》んだら、短さんは俺の顔を見てちょっと考えたあと、死神に言った。

「僕だって見たくなかった。あなただって見られたくなかった。お互い様です。そんなことで祟られる筋合いはありませんし、これ以上この子を怖がらせるのなら、僕は怒ります」

　いつもの短気な怒り方とは違う、凜《りん》とした声だった。死神は圧を増して、這《は》うような声で迫る。

「いますぐ消えろ……。それとも何だ、おれに呪い殺されたいのか？」

「とんでもない。あなたのそのふざけた遊びをやめていただきたくて、わざわざ根津から来たんですもの」

　短さんは、挑発するように優雅に笑った。

「賭《か》けをしませんか。落語の通り、僕の寿命のろうそくを使いましょう。新しいろうそくに火を移せたら、僕の勝ち。要求を吞《の》んでいただきます。できなかったら僕は死ぬので、お好きになさってください。どうです？」

「えっ、短さん何言って……」

　身を乗り出したら、彼は俺の前に手を出して制止した。そしてちょっと俺の方を見て、穏やかに微笑む。死神はニタニタと笑い出した。

「ほう、そりゃあ面白《おもしれ》えな……。要求ってのはなんだ」

「簡単なことですよ。まず、村田さんに死神を見せるのをやめること。そして、僕の質問にひとつ答える。それだけ」

死神は、俺たちの顔を交互に見比べたあと、低い声で言った。

「いいだろう……。ただし、火を移すのは小僧の役割だ」

死神が片手で空中を払う。高座に当たっていたライトがぱっと消えたと思ったら、座っていた畳が固い岩のような感触になり、周りの温度も急激に下がった。洞窟《どうくつ》の中にいるような感覚。

すると突然、俺たちの真正面の空中に、オレンジ色の火がぽっと灯《とも》った。死神の顔がゆらっと照らされると、その火は、死神が手に持ったろうそくであることが分かった。

「これがおめえの寿命だ……おっと」

そう言って死神は、短さんのろうそくをぽきっと半分の長さに割った。

「そんなのずるいですよ！」

思わず叫んだけれど、死神の顔は暗闇の中で見えない。しわくちゃの手が、ぬっと差し出される。俺は、頼りなく揺れる火が消えないよう、慎重に受け取った。

「それでこれが、新しいのだ」

コンッと何かが落ちてきて岩に当たった音がしたと思ったら、俺のひざ元に、ろうそくが転がってきた。

「早くしないと……消えるよ」

低くかすれた、しかし、少し愉快そうな声。抗議をしたり悠長なことをしている暇はない。俺は意を決して、新しいろうそくを手に取った。


落語の『死神』では、男は緊張のあまり手が震えて、火を移すのに失敗する。そしてそれと同じことが、俺の身にも起こっていた。

底冷えするような冷たい空間に、死神の急《せ》かす声が反響する。

「消えるよ、消えるよ……」

急かされて、手が震える。それだけでも消えてしまいそうなほど、火は弱々しい。

「消えるよ、ほら……」

死神がささやくたびに、少しずつ自分の体温が下がっていくのが分かる。そして、どきどきと鳴る心臓の音でますます焦る、悪循環。

短さんは、俺の後ろに座っているはずだ。どうしているかと耳をすませると、何やら荷物を漁《あさ》っているような感じがする。かさかさとしたビニールの音がしたと思ったら、何かを破く音が聞こえてきた。

「……短さん？」

「ほらほら、おしゃべりすると消えちまうよ」

死神の急かす声を聞いて、自分がしゃべった息で火が消えたら、即死だと気づいた。口をぎゅっと結んで、移し替えることに集中する。

緊張で呼吸も浅くなってきて、息をするたびに小さな火が揺れる。新しいろうそくには、全然火が点《つ》かない。焦る。

不意に、短さんが動く気配がした。と思ったら、無言の短さんが、背中側から俺の手元に腕を回してきた――短さんの姿は俺の陰に隠れていて、死神には気づかれていない。

短さんが寿命のろうそくに手を添えた。と同時に、ひらりとした何かが俺の手に触れた。きっと何か、細工をするつもりなのだろう。

俺は短さんの手が照らされないよう、火の真下のあたりを親指と人差し指でつまみ、熱さをこらえながら手のひらを広げた。

短さんは素早く何かをしたあと、俺の右手に触れてきた。ろうそくをしっかり握り直すと、なんだか手触りが違う。何かが巻き付けられたような、かさかさした感触。

短さんが手を離す瞬間に、ぼわっと火の勢いが増した。そして短さんは、俺の耳元で、聞き取れるかギリギリの音量でささやいた。

『大丈夫、あなたならできますよ』

そのひと言で、完全に手の震えが止まった。

死神が俺の手元に寄ってきて、あえて息を吹きかけるようにささやく。

「熱いだろ……持てなくなっちまうよ。ほら、早く早く……」

炎が揺れる。けれど、全然消えない。ただ、火の勢いが強い分、溶けるのも早い。

ずんずん短くなる寿命のろうそくに、新しいろうそくを近づける。気の遠くなるような十秒。息を詰めて――火がついた。

「……！」

ほっと胸をなで下ろそうとした、そのとき。

「ため息をついてはいけません！」

慌てて息を止める。死神の舌打ちが聞こえた。

洞窟のようだった部屋に明かりが灯った。室内は、何ごともなかったかのように普通で、床は畳だし寒くもない。ろうそくは二本とも火が消えている。

「よく頑張りました。『死神』のサゲには、火を移すのに成功したあと、ほっとついた息で消えてしまうというものもあったので。最後まで偉かったですよ」

にっこりと笑う短さんの周りにはものが散乱していて、ひざの上に、細く裂いたティッシュが落ちていた。

握りっぱなしのろうそくを見る。残り五センチほどになった短さんのろうそくには、帯状に裂いたティッシュがぐるぐると巻き付けられていて、先の方は真っ黒焦げになっていた。なるほど、これが燃えていたから、炎の勢いが強かったのか。

「死神は？」

ぱっと辺りを見回すと、俺が敷いた座布団の上にうつ伏せに倒れていて、何やら小さくうめいている。

「……おれの負けだ……負けた……ああ」

短さんは、死神の後頭部に向かって、声のボリュームを上げて言った。

「嘆いていないで、約束を果たしてください。僕たちの要求を呑むという話だったじゃないですか」

死神は、「あう、あう」と不明瞭《ふめいりょう》な声を漏らしながら、のっそりと起き上がった。

うつろな目であぐらをかく死神の名は、黒兵衛《くろべえ》というらしい。怪異であっても江戸っ子は江戸っ子なのだろう。潔く負けを認めると、ちゃんと話を始めた。

「黒兵衛さん。今後一切、村田さんにおかしなものを見せるのはやめてください。よろしいですね？」

「……ああ」

「それで、質問なのですが。僕のせいで四谷ほととぎす亭に憑《つ》くことになってしまったとおっしゃっていましたね。それがどういうことなのか、教えてください」

意外な質問だった。自分のせいということを何か気にしているのか、はたまた、単純に怪異の研究なのか。

黒兵衛さんは、能面のような顔のままのっそりと語り出した。

「おれは出世頭だったんだよ……。死神の仕事は、下手にやると、人間に勘づかれて坊主だのなんだのを呼ばれるもんだが……おれは失敗知らずだった。じっと忍耐していれば、人間どもはちっとも気づかねえままぽっくりで、調子良く出世していたのさ。おめえに見られる日まではね……」

「あなたの出世街道が、僕のせいで立ち行かなくなってしまったのですか？」

黒兵衛さんはこくりとうなずくと、抑揚のない声で続けた。

「あの頃は、次に手柄を立てりゃあ、花形の日本橋《にほんばし》演芸ホールに憑けるかという正念場だった……。死んだら度肝を抜かすような人間を探していたところに、四藤亭春鳥を見つけたんだよ。ぴんぴんしてたが……ありゃあ近々急病でぽっくり逝くな、と」

誰も気づかなかった死の予兆を察知した。しかもそれは、落語の名人。出世は決まったようなものだったのかもしれない。

「そいでおれは、あいつの独演会に偉《えれ》え死神を呼んで、大仕事を見せてやろうと思ったんだが……客席のおめえと目があったときにゃ、全部しまいだと思った」

「見られたらだめなのですか？」

「ばか言え！　てめえ、覚えてねえのか！」

　会ってからいままでずっと一本調子のしゃべり方だった黒兵衛さんが、突然声を荒らげた。驚きのあまり、思わず短さんの後ろに隠れて、背中にしがみつく。

「すみません。なにせ子供の頃の話ですので、あなたの影のようなものを見た、としか」

　黒兵衛さんは、けっと吐き捨てたあと、着物の襟元をぼりぼりと掻《か》いた。

「寄席《よせ》がお開きになったあと、おめえが春鳥のところへ行って、肩のところに死神がいたと告げ口したんだ……。そしたらあいつぁその晩、いつも通り寝るふりをしておれを油断させたところで、えいやっと言って、布団をいつもと逆向きにしたんだ……。おれは枕元に座って『きょうこそ春鳥は死ぬんだ』と待ちわびていたもんだから……とっさにそんなことをされて仰天して、驚いてる間にだだだっと呪文《じゅもん》を唱えられて、追い払われちまった」

　短さんは、首をかしげた。

「春鳥さんは、あなたのことが見えていたのですか？」

「いや……見えてなかったはずだ。と言ったって、落語家だろう。気味が悪けりゃあ噺《はなし》の通りにするだろうし、ぽっと機転を利かせてサゲを変えるなんてのは、朝飯前だったに違《ちげ》えねえな……」

これはただの想像だけれど、初少年の口ぶりが、ただの嘘や妄想という感じではなかったのだろう。

短さんは、こぶしを口元に当てて少し考えたあと、尋ねた。

「でもそれなら、布団を逆さにしたらその後死んでしまうということもご存じですよね？　なぜ春鳥さんはそのようなことをしたのでしょう」

「それは分からねえな……。なにせ、ぱっと消されちまったから。けど……布団をひっくり返した奴には必ず報いがある。自分でひっくり返して寿命を延ばした奴は、ロクでもない死に方をするようになってんだ……」

春鳥さんは、生死を管理する偉い死神に操られ、首を吊《つ》ってしまった。そして黒兵衛さんは、当時東京で一番小さかったこの寄席を割り当てられてしまったのだという。

黒兵衛さんは、東京の寄席一覧と死神の階級が書かれた組織図を見せてくれた。

「おれはいまは、四谷の辺りをとりまとめながら、上の連中との間も取り持ってんだ……」

「こういうの、人間の世界では中間管理職っていうんですよ。大変ですね」

黒兵衛さんは遠くを見つめながら、はあとため息をついた。板挟みで消耗しているのかもと思うと、途端、哀れに見えてくる。

「分かりました。教えてくださり、ありがとうございます」

短さんは静かに頭を下げると、こほんと咳払《せきばら》いをして、話を変えた。

「ところでさきほど、医療が発達したために死神の商売が上がったりだとおっしゃっていましたよね？」

「ああ、そうだ……。見たこともねえような道具でどんどん治しちまうから、病人が全然死なないね」

「それでしたら、僕からひとつ、死神の皆さんにお願いしたい仕事があります」

死神の仕事？　死神は余命わずかのひとの横に座って死ぬのを待つのが仕事のはずで、短さんはそんなことを頼むのだろうか？

戸惑いつつ、彼の話の続きを待つ——黒兵衛さんも、不思議そうな表情だ。

「今後、医療はもっと発達していって、人の寿命はどんどん延びていきます。平均百歳になるとも言われていて、それはご存じでしたか？」

「百？　そいつぁ知らなかった……困ったな」

短さんは、真面目な顔でうんうんとうなずく。

「病気が治って人が亡くならずに済むのは、多くの方にとっては喜ばしいことなのですけれど、きっと中には、無理をして長く生きたくはないと思っている方もいると思うのです。そういう方が、望まない延命治療をされてしまうとしたら、それはそれで残酷な話だと思いませんか」

なるほど。詳しくはないけれど、安楽死とか尊厳死とか、そういう言葉は聞いたことがある。患者さんが自分の意思で死ぬことを選べないのはどうなのかというのは、医療が発達したら問題になるのかもしれない。

黒兵衛さんは、合点した様子で表情を和らげた。

「つまり、死にてえ人間のところに憑いてやれと……そういうことだな？」

「ええ。お医者が判断することの是非はまだまだ話し合いの途中ですけれど、おばけが代わりにしてくだされば、誰も悪者になりませんので。皆さんは人の死ぬことの専門家なのですから、その患者さんがどういう死を迎えたがっているかも、お分かりになるでしょう？」

「そりゃあな……。死にそうな奴をすすいと見つけて座るのが、死神の仕事だ。ほとぎす亭の死神は皆腕がいいと、すこぶる評判だよ」

短さんは、穏やかに笑って言った。

「商売上がったりだなんて、景気の悪いことはおっしゃらないで。あなたたちの熟練の技で、僕たちがより良く生きて死んでいけるよう、手伝っていただきたいのです」

黒兵衛さんは、ニターッと笑って言った。

「おめえが死ぬときは、おれが直々に憑いてやるよ……」

そして、気配がすっと消えた。


翌週の水曜日、俺たちは、村田さんたちと共に、大貫家を訪れていた。

「ヨシエさん、こんにちは。来ました」

枕元にしゃがんでゆっくり声をかけると、ヨシエさんは、穏やかに微笑んでくれた。

室内のどこにも、死神はいない。薬の処方がうまくいったのだろうか。

「これ、水ようかん。持ってきました。元気なときに食べてください」

「ありがとう……」

うれしそうに俺の手に触れようとしたところで、「あら」と言って手を止めた。

「どうしたの？　怪我？」

「はい、ちょっとやけどしちゃって。でも大したことないです」

指先にぐるりと巻いた包帯。垂れてきたろうそくで軽くやけどをしたのだけど、塗り薬が取れないようガーゼを留めているだけなので、見た目ほど酷《ひど》いことにはなっていない。

実はあのろうそくは、寿命の方は溶けるのが早く、新しい方は火が点《つ》きにくいようになっていたらしい。ただでさえ溶けやすいろうそくの炎を強めるのは、火が移るのが先か、溶けきるのが先か、ある意味ギャンブルだったのだそうだ。

短さんが涼しい顔で『ぴこさんになら命を託しても大丈夫かなと思いました』なんて言ってのけたので、あとから考えてゾッとしてしまった。

もしあれでうまくいっていなかったら、本当に死んでしまっていたかもしれないのに——これが江戸っ子の肝の据わり方なのだろうか。

ヨシエさんと少し話したあと、奥さんのところへ水ようかんを渡しに行った。

「また来てくれてうれしいわ。あれからお義母《かあ》さん、月彦くんに来て欲しいって何度も言ってたね。孫みたいに思ったのかしらね」

「ぼくも、またお会いできてよかったです。ぼくは祖母がいないので、ヨシエさんと話したらほっこりしました。それと、親ともあんま仲良くないんで……こうやって話してくれるのもうれしいです」

素直に言ってみたら、奥さんは、優しい表情を浮かべてうんうんとうなずいた。

「親子って、不思議なもんでね。わたしも実の母とはあんまり反りが合わないんだけど、お義母さんとはなんだかうまくやれてるのよ。もちろん、元は他人だし、お嫁に来たからすぐに家族になれたってわけじゃないのよ？　一緒に暮らすうちに情みたいなものが湧いて、何年も暮らしたら慣れた仲になったって感じ」

「自分のお母さんとどっちが大事ですか？」

「んー？　どっちがっていうのはないわよ。一生懸命看病してるときはお義母さんが大事だし、たまに里帰りしたときは、一応母を大事にしようかなと思ったりもするし、どっちも忘れて自分の時間を楽しんでるときもあるし。別に親だからって、いつも大事にしてなきゃいけないわけでもないからね」

当たり前みたいに明るく話す奥さんの気持ちは、あまりピンとはこなかったけれど、そういう考え方もあるのかという知識にはなった。

親は、いつも大事なわけではない。

「ぴこさん、帰りますよ」

村田さんに報告を終えたらしい短さんが、ちょいちょいと手招きした。

「桜木くん、本当にありがとう。私たちも、患者さんやご家族の気持ちを尊重しながら治療をしていこうと思うよ」

「はい。こちらこそ、貴重な機会をありがとうございました」

深々と頭を下げて、ヨシエさんたちにあいさつをし、帰路についた。

酷暑のなか、駅に向かってとぼとぼと歩く。ふと横を見ると、短さんが浮かない顔をしているような気がした。

「短さん？　なんか、大丈夫ですか？」

はっと気づいた様子の短さんは、にっこり笑顔を作って「大丈夫ですよ」と言った。けれど、どう見てもいつも通りの感じじゃない。

「何か、心配ごととか、嫌なこととかあったんですか？」

「いえ、特には」

と言ってまた作り笑いをしかけた……と思ったら、彼は、寂しげな表情で言った。

「ここのところ、毎日思うのですよ。春鳥さんにむごい死に方をさせてしまったのは、僕のせいだなと」

「なんでですか？　死神のせいですよ」

びっくりして、すぐに否定する。しかし短さんは、目を伏せてふるふると首を横に振った。

「死神は、突然死の予兆が見えたために取り憑《つ》いたと言っていましたよね。ですから、春鳥さんが急逝する運命は、変わらなかったのでしょう。でも、僕が余計なことをしなければ、病に倒れる日まで寄席《よせ》に立った春鳥さんは、皆に尊敬され、立派に天寿をまっとうしたはずだと思ったのです。それなのに、あと一歩のところで首など吊《つ》らせてしまった」

確かに、短さんの言う通りではある。春鳥さんにとっては、不名誉な死に方だったかもしれない。でもそれは、短さんのせいではなくて、事故のようなものだ。短さんに悪気があったわけでもないし、春鳥さんが落語の通りにしたのも偶然なのだから。

「考えすぎですよ。子供で、怪異が初めて見えたら、誰だって言います。短さんも春鳥さんも、死神の世界の身勝手なシステムに巻き込まれちゃっただけです」

ちょっと語気を強めて言ったら、短さんは眉尻《まゆじり》を下げて笑った。

「気を遣わせてしまいましたね、すみません。……でもやはり僕は、死神が言ったあの言葉が忘れられないのです」

――自分でひっくり返して寿命を延ばした奴は、ロクでもない死に方をするようになってんだ
俺はぼんやりと想像した。楽しい寄席を終えたあと、孤独に死んでしまった春鳥さんは……。

「いやっ、短さん。違いますよ」

「え？」

「春鳥さんは『ロクでもない死に方』なんてしてません。だって、短さんの言葉を聞いて死ぬのが一日延びたおかげで、春鳥さんはお弟子さんの特別公演に出られたんですもん」

以前短さんが語ってくれた話では、死神が出た翌日の公演は、弟子が昇進した記念の特別なものだった。

「もし本来の寿命で春鳥さんが死んじゃってたら、翌日の公演は中止だったはずです。春鳥さんが布団をひっくり返したのは、『きょう死ぬわけにはいかない』って思ったんじゃないかと」

「では、僕が春鳥さんに告げたことは……」

「はい。短さんのおかげで、春鳥さんはお弟子さんの立派な姿を見られたんだと思います」

短さんの目が、大きく見開かれる。

要するに、奇跡が重なったのだ。死神が春鳥さんの死の予兆に気づいて、憑いた。その死神を、短さんが見つけた。春鳥さんが短さんの言葉を信じて、布団をひっくり返した。そして、お弟子さんの勇姿を見届けることができた。

短さんはぎゅーっと眉根を寄せて、泣きそうな顔で笑った。

「そう……そうだったのですね。ぴこさん、ありがとうございます。もしこのことにずっと気づかないままだったら、僕はもう、怪異に関わるのはやめていたかも。本当に、縁起を担いでみてよかった。あなたがいてくれて」

「え。いや、そんなっ、大げさですよ」

恥ずかしさのあまりもじもじしていたら、後ろから思い切りクラクションを鳴らされた。

「うわっ！」

驚いて飛び退《の》き、慌てて電柱の陰に隠れる。短さんは、「あらあら」と言っておかしそうに笑った。いつも通りの、優しい短さんだ。

彼は穏やかな微笑みをたたえて尋ねてきた。

「ぴこさんは、もうすぐ夏休みに入りますよね？」

「はい」

何のことかと首をかしげると、短さんは目を細めて言った。

「お母様のお見舞いへうかがいたいのですけど。ぴこさんのご都合と、お母様のお加減と……いかがです？」

「え？　お見舞い、本当に来てくれるんですか？」

「もちろん。約束したじゃないですか」

当たり前のように言われて、びっくりした。

「えっと……八月十九日に退院するので、お盆に入る前だと助かります」

「分かりました。楽しみにしていますね」

微笑む短さんの顔を見たら、なんだかちょっと、胸の奥がむずむずするような気がした。

元気になってくれて良かったし、お見舞いに来てくれるというのも、なんというか……うれしいような恥ずかしいような、変な感じ。

「暑いですね。お昼はおそばにしましょうか」

「はい。俺、とろろかけたいです」

「本当に可愛らしい子ですねあなたは」

短さんが楽しそうに笑うと、頭の上の方で、新三郎さんがぐるりと回ったような気配を感じた。

四章　お札はがし

夏休みに入った。みんなはうれしいのかもしれないけれど、俺にとっては、ただ暇な日が続くだけだ。そして自然と、青野家に足が向いてしまう。

短さんが、ほかほかといいにおいの湯気が立つ夕食を、座卓に並べる。きょうも変わらずおいしそうで、この幸せを俺ひとりが享受するのは、贅沢《ぜいたく》すぎる気がしてきた。

「短さん。手料理の写真、ツイッターに載せませんか？　きっとフォロワーが増えますよ」

短さんは目線を上げ、小首をかしげた。

「増やしてどうなさるのです？」

「増えたら怪異の情報もたくさん来るじゃないですか」

ああ、と言って頬に手を当てる。いま気づいたみたいな。スマホで何枚か撮って見せると、短さんは感嘆の声を上げた。

「すごいですね。レシピ本の写真みたいです」

ふっくらと炊けた、五目炊き込みご飯。料理の出来はもちろんだけど、食器もお店で出していたものを使っているので、俺が適当に撮った写真でも十分なクオリティだ。

「一四〇字以内のコメントをお願いします」

「ええと……炊き込みご飯を作るときは、少し上等なみりんを使います。味付けには、干ししいたけの戻し汁とあごだしを使うのが、あをの流です」

さくさくと文面を作りツイートした、十秒後。

「うわっ、短さん。めちゃくちゃ拡散されてますよ」

リプライにはハート祭り。秒速のフォロー。なぜだと写真を開いて、青ざめた。

「……短さん、ごめんなさい。横顔が入ってます」

リプ欄には、イケメンだのヤバイだのがあふれる一方、『写真を撮ったのは誰だ』『彼女じゃないか』という悲鳴のようなコメントも多数。

「通知が止まらないです。どうしましょうか」

短さんは、ちょっと首をひねって考えたあと、上品に微笑んで言った。

「いい機会ですから、宣伝をしましょう。『若い女性と灯籠《とうろう》を持った女性、二人組のおばけを見かけた方は、ご連絡ください』……と付け足していただけますか？」

「それって、『牡丹灯籠』ですか？」

「はい。新三郎の想い人のお露さんと、女中のお米《よね》さんです。お米さんは、灯籠を持って歩いているはずですので」

新三郎さんが短さんに憑《つ》いたのは、五年も前だと言っていた。闇雲に探しても見つからないのなら、募集してしまうのは良い作戦なのかもしれない。

「新三郎さん。短さんが、お露さんの捜索願いを出してくれるそうですよ」

……特に反応がない。

「あの、新三郎さんって、本当にお露さんを探してるんですか？　逆に逃げてる可能性はないですか？」

「ええと、それは聞いてみたことがあるのですけど、探しているようですし、ほんのり愛情のようなものも感じますので。ねえ？　新三郎？」

気配が消えた。短さんがふふっと笑う。

「そういうひとなのです。シャイな」


牡丹灯籠は何度も聴き返しているけれど、聴けば聴くほど、新三郎さんがお露さんを探しているというのが不思議だ。

何幕にもわたる大長編の牡丹灯籠の中で、最も有名なのが、新三郎さんとお露さんの話。

良家のお嬢様のお露さんは、女中で乳母のお米さんとふたり暮らしをしていて、その住まいへ、知り合いに連れられた新三郎さんがやって来た。お互い一目《ひとめ》惚《ぼ》れをしたけれど、その場でどうなるわけでもなく、帰っていった。その後お露さんは、新三郎さんに恋焦がれ過ぎて死んでしまい、お米さんも看病疲れであとを追うように死ぬ。

　新三郎さんは、知り合いからそれを聞いて悲しんでいたのだけど、ある夜、死んだはずのお露さんとお米さんがやってきた。そして、新三郎さんとお露さんは毎晩会って仲睦《なかむつ》まじくなる。しかし本当はふたりとも幽霊。それを目撃したひとが新三郎さんに忠告し、新三郎さんはお坊さんに相談して、お祓《はら》いのお札と胸から下げるお守りをもらってきた。

　つまり、お露さんのことは怖がっていたのである。

「しかも、最終的に呪い殺されちゃうんですよね？　なんで新三郎さんはそんな相手を探してるんですか？」

「ええと、それはいくらか予想がついているのですけど、間違っていたら失礼なので詳しくは言えません」

　……気になりすぎる。ヒントだけでもとお願いしたら、『あくまでも予想』と前置きした上で、少しだけ教えてくれた。

「新三郎は、この姿になってからは一度もお露さんと会ったことはないと思います」

「え？　会ったことないのに探してるんですか？」

「お互い、気配だけで探している状態かと」

余計にちんぷんかんぷんになっていると、短さんはふふっと笑った。

「まあ、恋のことはふたりが分かっていればいいのですよ。外野の僕は、お手伝いをするだけです」

食事が終わってもなお鳴り止まない通知を眺めていたら、短さんが、ぽんと俺の肩を叩《たた》いた。

「それより、土曜日は楽しみですね」

「あ……はい。母からも、楽しみにしてるってメールが来てました」

短さんと、母のお見舞いに行くことになっている。

前回行ったときに『知り合いがお見舞いに来たがっている』と言ったら、母は仰天していた。失礼でしょ、と思った半面、いままで俺に対して思い切り感情を出すようなことがなかったから、興味深くもあった——いや、興味というのはおかしいかもしれないけれど。

「お土産、フルーツとお茶菓子だったらどちらがいいと思いますか？」

「いや、そんなのいいですよ」

「いえいえ、僕は、お土産を見繕うのが好きな性分なのですよ」

相手の喜ぶ顔を想像しながら買い物をするのが、楽しいのだという。これが江戸っ子の粋《いき》というやつなのだろうか。

　約束の土曜日。午前の面会時間に合わせて、病院へ向かう。母が入院しているのは、八王子の大きな総合病院で、四ッ谷駅からは中央線で一本。短さんとは、電車内で待ち合わせることになっている。

　電車に乗り込み、きょろきょろと見回すと、着物姿の男性が行儀良く立っていた。無論、短さんである。

　おばあちゃん軍団が「いい男ねえ」とかなんとか噂話をしているのが聞こえて、隣に立つのがちょっと恥ずかしい。

　もじもじしながらそばへ寄ると、短さんはにこっと笑って頭を下げた。

「おはようございます。ちゃんと会えましたね」

「はい。わざわざありがとうございます。ていうかあの……きょうは着物なんですね」

「ええ。お見舞いですので」

　当然のように言われてしまった。病院のお見舞いなんて、全然そんな、かしこまった感じじゃないのに。

「気を遣わせちゃってすみません。暑くないんですか？」

「いえ、さらっとして気持ちのいい生地なんですよ」

淡い水色の着物に、少し透けた感じの羽織。そういえばこれは、数日前に短さんがツイートしていた。

――大切な友人のご家族に会いに行くことになり、夏の羽織を新調しました。

着こなし方の丁寧な解説と、天女の羽衣を肩にかけたみたいなうなじ写真に、いいねが三百件くらいついていた。そのときは、『ちゃんとつぶやいてるな』と思っただけだったけれど、大切な友人って、俺のことだったのか。

「……すごい、似合ってます」

ちょっと気恥ずかしく思いつつぼそっと言ったら、短さんも、「ありがとうございます」と言って、少し照れたように笑っていた。

病院に着き、ロビーで受付を済ませ、病棟を進む。約半年通ったこの病院も、あと何日かで退院だ。大変だったけれど、でもそれは、熱心に看病したり、純粋に母の容体を心配していたからではない。

倒れてからしばらくは、先行きが見えない生活に必死だったし、ひとり暮らしを始めたら二重生活みたいな感じで大変。怪異が出始めて極度の寝不足。そして母が目を覚ましてからは……なんだかかんだ気疲れしている。

絶対に何かがあったはずのあの日のことに触れる勇気がなくて、また母が死のうとしたりしないよう、顔色をうかがいながら、おっかなびっくり平穏を演じている。母も同じだ。何もなかったことにして日常に戻ろうとしているのが、なんとなく分かる。

ドアを開け放した個室。首だけにゅっと出して、中に声をかけた。

「母さん、来たよ。入っていい？」

「どうぞ」

短さんに手招きし、病室内へ。

「はじめまして、青野初と申します」

短さんが上品にお辞儀をすると、母は目をしばたかせたあと、小さく頭を下げた。

「……どうも、月彦の母の松枝《まつえ》です。わざわざすみません、こんなところまで」

驚くのも無理はない。『知り合い』と言って連れてきたのが、物腰やわらかな大人、しかもすらっとした着物姿の美青年だったのだから。

短さんから母へ手土産を渡したり、ちょっとやりとりをしたあと、ベッドの横にいすを並べて座り、話しはじめた。

「青野さんは文筆家で、ちょっとだけ仕事の手伝いをさせてもらってるんだ」

「まあ、そうなんですか。こんなぼやっとした子で……ご迷惑かけてませんか？」

「いえいえ。よく気を回してくださるので、つい甘えてしまって。よく助けていただいております」

　ふたりの和やかな雑談を聞きながら、どうやって切り出そうかと悩む。きょうの目的は、あの日何があったのかを——父が何を言い、どうして死のうと思ったのかを聞かなければならない。

　ぐるぐると思案していたら、短さんが助け舟を出してくれた。

「月彦くん。きょうはお母様に、何か聞きたいことがあったのではないですか？」

「あ……えと、うん。母さん、聞きたいことがある。答えたくなかったらいいけど」

　怖くてつい、予防線を張るみたいなことを言ってしまった。でも違う。本当は、なんとしても聞きたい。

「いやでも……できれば聞きたい」

「なあに？」

　母の顔も少し緊張していて、俺が何を聞こうとしているのか、分かっているようだった。

「……あの、自殺しようとした理由って、何なのかなって。聞いたら母さんが傷つくかと思って、聞かないでいたんだけど。でもいま聞かなかったら一生聞けないかもって思って。だから教えて欲しい、です」

　おそるおそる母の顔を見ると、母は視線を漂わせていて、何か迷っているようだった。質問を変えてみる。

「父さんに何言われたの？」

母は、ちょっと窓の外を見たあと、ぽつっと言った。

「酷《ひど》く罵《ののし》られたわけじゃないのよ。ただ、母さんの心が折れちゃっただけ」

「我慢の限界だったとか？」

長年父のわがままに付き合っていたことに、耐えられなくなってしまったのだろうか。しかし母は首を振り、自嘲《じちょう》気味に少し笑って言った。

「秘密を隠したまま生きるのに、耐えられなくなっちゃったの」

「秘密って？　自殺のことで？」

「ううん。もっともっと、あなたが生まれる前から。もしかしたら月彦から見たら、父さんだけが好き勝手やっているように見えたかもしれないけど、そうじゃない。わたしも同罪なの。いつかは言わなくちゃと思っていたけど……」

突然何かを告白しようとする母を、慌てて止める。

「待って、全然話が見えない。いきなりそんな昔のこと言われても。とりあえず死のうとした理由だけ教えてよ」

母は口をつぐんで、ちょっと苦しそうな顔をしたあと、静かに言った。

「月彦には、お姉ちゃんがいたの。月彦が生まれる前に死んでしまって、それはわたしたちのせいで、それを黙っているのに耐えられなくなっちゃった」

「は……？」

それっきり、言葉を失ってしまった。

しばしの沈黙のあと、母は硬い表情で尋ねた。

「話す前にひとつ聞きたいんだけど……月彦は、おばけって信じる？」

心臓がドキッと鳴った。

どうしよう。短さんが研究してるとか、勝五郎さんに会ったとか、言った方がいいだろうか。いや、いまは母に気の済むまで話してもらった方がいいだろう。精一杯平静を装って言った。

「うん、信じてるよ。最近よく見える」

「えっ!?」

母は、悲鳴みたいな声を短く上げたきり、固まってしまった。まずい、いきなり突っ込みすぎたか。

何かフォローしようとしたら、母は、泣きそうな顔で身を乗り出してきた。

「どんなのが見えるの？」

「えっと、最初に見たのは江戸の魚売りで、父さんも見たって言ってたけど……母さんも見た？」

　母は、口を半開きにして呆然《ぼうぜん》としたあと、こくっとうなずいた。

「そう……わたしだけじゃなかったのね。見たのは」

「それに何か言われたから死にたくなったの？」

「ううん。そのひとに言われたのは、『困ったことがあったら夢で押し通せ』とだけ」

　勝五郎さんの言った通りだった。そして、母が語ったバレンタインデーの夜から翌朝のけんかまでの流れも、父から聞いたものと同じ。指輪をもらって、一緒にお酒を飲んで、翌朝大げんかになったということで間違いないらしい。

　内心、父がちゃんと話してくれていたのだということも同時に分かって、失望せずに済んだと少しほっとした。

「どうしてけんかになったの？」

「……指輪、父さんが買ったわけないなって思って。どこの口座にお金が入ってるかも知らないような、家計になーんにも関心ないひとだもん。貯金なんかしてるわけない。だから、盗《と》ったのか拾ったのか分からないけど、もらうわけにいかないなって困って。それでふっと男のひとのおばけを思い出して、とっさに『指輪なんてもらってない、飲み過ぎて変な夢見たんじゃないの』って言った」

　予想通りだった。でもその後のやりとりについては、父からも教えてもらえていない。

「そしたら父さん、なんて言ったの？」

「当然怒るよね。実際渡してるんだから。それで押し問答になったあと、父さんが、お姉ちゃんの話を出したの。『お前は、梅香《うめか》がおばけのことを言い始めたときも、夢だのなんだの言って取り合わなかった』って」

「お姉ちゃんの名前が梅香なの？」

「そう。月彦と十離れていて、五歳のときに死んでしまったの」

姉も、俺と同じく『見える体質』だったのだろうか。

「それで、お互いカッカしていたから、日頃の不満とか関係ないことまで、もう言ってることはめちゃくちゃだったけど……だんだん、二十五年間必死に梅香のことを隠していたのが、わたしのひとり相撲だったのかなって思ってきちゃって。一応、ふたりで墓場まで持って行こうって約束したから、守ってきたつもりだったんだけど。だから、『もう月彦に梅香のことを話す』って言ったの。そしたら裏切るのかって、すごい剣幕で怒って」

口論の末、父は出て行き、ひとりになった母は、タバコを煮詰めて飲んだらしい。

「なんでタバコ？　ふたりとも吸わないでしょ。わざわざ買いに行ったの？」

母はこくりとうなずく。そして、壁をぼーっと見つめながら言った。

「梅香と同じ苦しみ、かな」

母はそこまで話すと、それっきり黙ってしまった。

「……分かった。死のうとしたのは、うん。話してくれてありがとう。それで、さっき言おうとしてくれてた、俺に隠してた過去の話。そっちも聞かせて欲しい」

母は、ちょっと迷ったあと、語り始めた。

「梅香はね、小さい頃からおばけが見えてたみたいなの。口数が少ない子だったけど、たまにぽつっと『あそこに何かいる』とかつぶやくのに、父さんが気づいたのが始まりで」

気づいたのは父……これは意外だった。家庭を顧みない行動のイメージしかないから、子供の言うことに耳を傾けるところなんて、想像もつかない。

「父さんは元々は普通に会社勤めをしていて、真面目なひとだったのよ。だけど、梅香が四歳のときに会社が潰《つぶ》れてしまって、一気に貧乏生活になっちゃってね。どうしようかと思っていたら、梅香が突然、『おばけのお姉さんに、お金がいっぱいもらえる方法を教えてもらった』と言い出したの。そこから変わっちゃった」

怪異の方から、見える姉にアプローチしてきたのか。何かに利用するつもりだったのだろうか。

「母さんたちにはそのおばけ、見えてたの？」

母は首を横に振る。

「最初は、子供なりに事情を察して、元気付けようとしているのかなと思ったの。だけど、父さんがよく話を聞いたら、『お札がある家を教えるから、そのお札をはがして、自分で作ったお札を売ればいい』と言われたみたい」

「それって、詐欺だよね？」

母は、力なくうなずく。

「まあ、言ってしまえば霊感商法みたいなものだよね。おばけから聞いたという家に父さんが梅香を連れて行って、お札を売ってお金をだまし取る」

母はそこで一旦《いったん》言葉を切ったけれど、俺はどうコメントしたらいいか分からず、うろたえてしまった。

親が犯罪行為をしていて、しかも子供にやらせていたなんて……。

俺にはこれを、怪異のせいだと言ってしまうことはできなかった。きっかけは怪異かもしれないけれど、それを使って儲《もう》けようと考えたのは、生身の両親なのだから。

困っていると、ここまで黙って聞いていた短さんが、のほほんとした声で言った。

「そのご商売の善し悪しはともかく、僕は、娘さんに霊感があるなんて、神秘的で素敵だと思ったのですけど」

母は、ちょっと驚いた顔をしたあと、あいまいに笑った。

「神秘的かどうかは分からないですけど……でもまあ、そうですね。普通の子と違う才能があるのかしらと思ったら、なお可愛く思えましたよ」

ん？　疎ましく思っていたから、存在自体をなかったことにしたわけじゃないのか？

「旦那《だんな》様も可愛がってらしたんじゃないですか？」

「ええ。梅香はお父さんっ子でしたから」

……目に浮かぶようだ。よく懐いている娘がお金儲けに使えると分かって、好き勝手に猫っ可愛がりしているところが。それに、詐欺の現場にわざわざ子供を連れて行くなんて、どうしようもない父が思いつきそうなことだし。

そう思ってちょっと呆《あき》れたはずなのに、なぜか、意図しない言葉がぽろっと出た。

「父さんって、俺のことも可愛がってたの？」

自分で言ったことに驚いて、思わず両手で口をふさいだ。けれど、言ってしまったものはもう戻らない。短さんも、意外そうな表情でこちらを見ている。

母は少し考えたあと、ぽつっと言った。

「多分、可愛かったと思うけどね。父さんとあんまり話してないから分からないわ。ごめんね」

「そっか」

何だろう、別に期待していたわけでもないのに、複雑な気持ちになった。それに、すごいタブーに触れてしまった感じもして、気まずい。

　すると短さんが、おっとりと笑って言った。

「いつかご自身で聞いてみたらいいですよ」

「……そうですよね。なんか聞けそうな雰囲気のときに聞いてみます」

　その後は短さんが適当に話を雑談に切り替えてくれて、ギクシャクした感じもなくなったところで、帰ることにした。

　なぜ姉が死んでしまったのかとか、聞きそびれたことはいくつかあったけれど、これ以上無理に聞いて変な感じにするのは嫌だった。

「じゃあ、また来るね」

「青野さん、わざわざありがとうございました」

「とんでもないです。どうぞ、お大事になさってください」

　短さんが深々と頭を下げ、俺もちょっと手を振り、病室をあとにする。

　エレベーターに乗ったところで、なぜだか、涙がぼろぼろとこぼれてきた。気づいた短さんは、ちょっとだけ困ったように笑ったあと、懐から取り出したハンカチを渡してくれた。

「悲しくなっちゃいましたか？」

「……いや、なんか……自分が親に冷たくされてることに対して、うちは変なんだって解釈して、納得してた節があって。でも聞いたら、普通に幸せな時期もあったんじゃんって」

　三人は、世《せ》田谷《たがや》区に一戸建てを買って住んでいたけれど、姉が亡くなってすぐに売り払って、いまの実家のアパートに越してきたらしい。

「元々は普通の家庭だったって、それが分かっちゃったら、じゃあ俺は何を根拠にこの理不尽さを受け止めればいいわけ？　ってなるじゃないですか。変なんだからしょうがないって思ってた前提からぶっ壊されちゃって……もう、どうしていいか分かんない」

　目玉がくぼむくらい、ぎゅーっとハンカチを押し付ける。でも全然涙が止まらなくて、乗ってきたひとたちが戸惑っているのも分かるし、恥ずかしい。

　すると突然、背中をぽんと叩《たた》かれた。と思ったら、短さんが大きな声を上げた。

「おうおうおう、辛気臭《くせ》えなあ。こんなしみったれた奴ぁ、ひとりで家に帰すわけにゃあいかねえや。うちへ来い。酒飲んでぱーっとやりゃあ、余計なことはすこーんとお空の彼方《かなた》よ」

　驚いてぱっと顔を上げる。周りのひとも、驚いた顔で見ている。いたずら大成功みたいな顔をした短さんは、俺の背丈までちょっとかがんで、ふふふっと笑った。

「びっくりしました？」

「はい……かなり」

「赤ちゃんはびっくりさせたら泣き止むと、この間テレビで見たので」

一緒にしないで欲しい……と思ったけれど、実際に泣き止んでしまったので、何も言えなかった。


お酒を飲んでぱーっとというのは冗談だったようだけど、家には招かれたので、そのままお邪魔することにした。

遅めの昼ごはんで、薬味たっぷりのそうめんとさくさくの天ぷらをいただきながら、話を振り返る。

「姉がいたなんてびっくりしましたし、親が犯罪者だったなんて、もう頭がついていかないです」

「二十五年前なら、きっともう時効ですよ」

短さんは、なんでもない風に言って、上品にそうめんをすすった。

「あの、いまここで俺が、この話の怪異を予想だけで言っちゃうのって、失礼にあたりますか？」

「失礼ではないと思いますよ。だって、僕もあなたも、思い描いている怪異はおそらく同じでしょうから」

俺は部屋の中をぐるっと見回し、心の中で新三郎さんに謝りながら言った。

「あれ、牡丹灯籠の『お札はがし』ですよね？」

「そうでしょうね」

「てことは、姉に取り憑《つ》いていたのは、お露さんですよね？」

「ええ、おそらく」

「じゃあ、お露さんが詐欺をそそのかした犯人ってことですか？」

「そうなりますね」

淡々と返事をした短さんは、天井を仰いだ。

「新三郎、あなたが気に病むことではないですよ。きっと彼女にも、理由があったはずですから」

部屋はしんとしている。新三郎さんは、なんとなくいる気はするけれど、何を思っているかは全然読み取れなかった。

牡丹灯籠の新三郎さんとお露さんのエピソードは二幕に分かれていて、その後半部分が『お札はがし』という演目だ。

お露さんが幽霊だと知った新三郎さんは、お寺でお札とお守りをもらってきて、お露さんを追い払うことに成功した。しかし、お露さんとお米さんは、新三郎さんの手伝いをする夫婦に、お札をはがすよう頼むのだ。

大金と引き換えに夫婦はお札とお守りを取り、再びお露さんたちは新三郎さんの家に入れるようになって、ついに新三郎さんを呪い殺してしまった。

この怪談噺《ばなし》になぞらえて言えば、何らかの理由でお露さんは姉に頼んで、あちこちの家のお札をはがし、その家に上がり込んでいたことになる。

まさか、家のひとを呪い殺していたのだろうか——どうかそこだけは違ってくれと、いまさらどうしようもないことを願ってしまう。

いつの間にか、食事の手が止まっていたらしい。短さんは心配そうな表情を浮かべて、俺の顔を覗《のぞ》き込んだ。

「大丈夫ですか？」

「あっ、いや。平気です。ちょっと頭が追いついてないだけで」

取り繕って、最後のひと口をつるりと飲み込む。短さんは、仕事用のスマホを机の上に置いて、微笑んだ。

「先日ぴこさんが書き込んでくださったお露さんたちの捜索願いに、色々情報が集まっていますよ」

「あっ、そっか。お露さんが見つかれば、うちの家族のことも直接聞けるかもしれないですよね」

何気ない情報収集が、まさか、こんなところで繋《つな》がるなんて……。

未読バッヂがそのままになったツイッターアプリを開くと、リプライもDMも、かなりの件数が寄せられていた。

ほとんどはぼんやりとした目撃情報だったけれど、信ぴょう性が高そうなひとが四人いた。全員、若い男性だ。美容師、劇団員、ホスト、そして……。

「あっ、俺このひと知ってます」

声を上げると、短さんがこちらにやってきた。

「このひと、去年の『ミスター四谷大』です。学祭でかなり話題になって、最近タレントになったって聞きました」

スマホを手渡すと、短さんは、顔写真のアイコンを拡大してまじまじと見た。

「確かに、精悍《せいかん》なお顔立ちですね」

そして、長文のDMをスクロールして読み始める。

「……これは気の毒ですね。お付き合いしていた方にものを盗《と》られてしまうなんて、ただの泥棒よりショックが大きそうです」

付き合っていた彼女に、金品を持ち逃げされた。ついでに、高校受験の頃から大事にしていたお札も盗られた。そしてその日の夜に幽霊が出たのだという。

「他の方はどうですか？」

「同じような感じっぽいです」

交際相手に、金品とお札を盗られる。お札を持っているひとなんて珍しいと思うけれど、逆に、珍しいからこそお露さんに狙われたとも考えられる。

短さんは、ＤＭの送り主たちのプロフィールを見ながら、ぽつりとつぶやいた。

「どの方も見目麗しいですね。それに、華やかな肩書きの方ばかり」

「あ、劇団員さんの文末、見ましたか？　幽霊に『あなたじゃない』って言われたって書いてありますけど」

「……本当ですね。もし他の皆さんも同じように言われていたのだとしたら、お露さんがどうしてそんなことをしていたのか、動機が見えます」

「新三郎さんを探していたんでしょうか？」

短さんは、こくっとうなずいた。

「これはただの予想ですけれど、皆さん職業柄、インターネット上にプロフィール写真があるのではないかと」

「えっ、じゃあお露さんは、ネットでイケメンなひとを探してたってことですか？」

びっくりして聞くと、短さんは苦笑いした。

「どう知恵をつけたのか分かりませんけど、可能性はありますよ。前にも言いましたけれど、おそらくふたりは、気配だけで探り合っている状態です。新三郎は美男だという話ですから、何かの手がかりを求めて、しらみつぶしに探しているのかも」

動機は分かった。お露さんが憑くひとの法則も何となく見えている。しかし、どうすれば彼女に会えるのだろう。次どこに出るかなんて、分からない。

悩んでいたら、短さんのスマホが鳴った。ディスプレイには『四藤亭飛介』。短さんは、軽く頭を下げてから電話を取った。

「もしもし、青野です。はい、どうなさいました？」

何を話しているかは分からないけれど、飛介さんがかなり早口なのは聞こえる。しばらくじっと話を聞いていた短さんは、突然笑い出した。

「ええ？　モデル？　ご主人がそうおっしゃったんですか？」

短さんはちょっと恥ずかしそうに、何もない方向へぱたぱたと手を振っている。

「いえ、かまいませんけど……やなぎ屋さんにはいつもお世話になっていますし、この間も一着仕立てていただいたところですから」

電話の向こうで、飛介さんが大声でわーわー言っている。短さんが少し電話を離して苦笑いしているので、近寄って聞き耳を立ててみた。

『ありがとう！　報酬弾むように言っとくよ！』

「いえいえ、お金は要りません。その代わり、そのブログの文末に僕のプロフィールを入れていただけるよう、お願いしておいてください」

『了解了解、肌の手入れしときなよ！　じゃ！』

短さんはくすくすと小さく笑いながら、電話を切った。

「何だったんですか？」

「なじみの呉服屋さんが、ブログに秋物の新作を載せるのに、モデルを探していたそうで。試しにお引き受けしてみました」

「え！　モデル!?　すごい、そういう仕事もやってるんですかっ？」

俺が身を乗り出すと、短さんは「いえいえ」と言って眉根《まゆね》を寄せて笑った。

「プロフィールを載せたら、お露さんが検索してくれるのではないかなと思ったのです」

「あ……っ、そういう」

「着物が良ければ来てくださるかもしれないでしょう？」

いや、積極的に顔を見せていくべきだ……と言いかけて引っ込める。

飛介さんから、指定の日時とブログのＵＲＬが送られてきた——撮影は三日後の朝かららしい。

「ぴこさん、ひとつおつかいを頼んでもよろしいですか？　用意したいものがあるのですけど」

「はい。お札ですか？」

俺が尋ねると、短さんは首を横に振った。

「お札は、近くの根津神社でもらってきます。ぴこさんは、ネックレスを買ってきてください。パワーストーンのようなもので」

「それも神社とかお寺にあるんですか？」

「いえ、こちらは普通のアクセサリーでかまわないので、女性が好みそうな感じのものをお願いしますね」

女性が好きそうな……パワーストーン？　ネックレス？

何だそれは。お札よりはるかにハードルが高い。


指定された三日後の朝。俺は、おつかいの品を持って青野家を訪れていた。

玄関に入ってすぐの壁にお札が貼ってある。二階から降りてきた短さんは、紺色の浴衣姿だった。

「あの……これ、買ってきました」

命がけで買ったネックレスの包みを渡す。

「まあ、こんなに丁寧に包んでいただいて。ありがとうございます」

そう言いながら、しゅるっとひもを解く。俺は驚いて、思わず大声を上げた。

「え!?　開けちゃうんですか!?」

「ええ。だって、開けないとつけられないでしょう？」

当然のように言われて、脱力してしまう。そうならそうと言って欲しかった。てっきりお露さんに渡すのかと思い、決死の覚悟で女性店員さんに話しかけて、死にそうになりながらプレゼント包装を頼んだのに。

短さんは、勘違いで選んでしまったピンクトルマリンのネックレスを、ささっとつける。

「若い方はこういうのを好まれるんですねえ。ちっとも知りませんでした」

俺だって知らない。勧められるままに買っただけなのだから。

老舗《しにせ》呉服店『根津やなぎ屋』へ向かい、歩き始める。

「お露さんは出てきてくださるでしょうか。僕は他の方と違って、頼まれついでの素人仕事ですからね」

「いや、絶対出てきてくれますよ。ネットで他のひとたちのプロフィールを調べましたけど、短さんが一番美形でした」

言ってしまってから「あっ！」っと大声を出した。何言ってんだ自分……。そっと横を見ると、短さんは困ったように笑っている。

「それに、僕には恋人がおりませんので。どなたに取り憑《つ》いて我が家にお札をはがしに来るのか」

そう言いながら、胸元のネックレスを指でぴんと弾く。

「それは何かの作戦なんですか？」

「ええ、一応、落語の筋書き通りにしてみたつもりなのですけど。聡明《そうめい》なお露さんが気づいてくださるのを、祈るばかりです」

そういえば『お札はがし』では、家に貼ったお札の他に、新三郎さん本人が首から下げていたお守りもあった。確か、夫婦がお風呂《ふろ》に入るよう勧めて盗《と》ったんだっけ……。

どんな作戦なのか聞こうとしたけれど、もしかしたらお露さんがこの辺にいるかもしれないと思ったので、やめた。

「青野先生、お忙しいのにわざわざありがとうございます」

お店の前で、店主の柳《やなぎ》さんが出迎えてくれた。案内された広い和室には、五着の着物が広げて掛けてある。

「素敵ですね」

短さんは着物のそばに寄って腰を折り、まじまじと見つめている。俺も隣に並んで見ていると、後ろから若い女の子がやってきた。多分、俺と同い年くらい。

「お手伝いをさせていただきます、娘の道子《みちこ》です」

いまどき珍しいほど、おしとやかそうなひとだ。つるんとした黒髪が、肩の上で自然に内へ巻いている。

「お久しぶりです」

短さんが頭を下げると、道子さんも上品な笑みを浮かべた。なんだか親しそうに見える。

「そちらの方は？」

「あ、短さんのお手伝いをしてます、桜木月彦です」

「まあ、桜に月に。縁起がいいと言われません？」

にっこりと微笑まれて、どうしたらいいか分からない。助けを求めるように短さんの顔を見上げると、彼はふふっと笑った。

「この子が来てから、いいこと続きで。良い札が揃《そろ》うとそういうことが起きるのかしらと思いますよ」

ぼけっと、お似合いのふたりだなと思った。年は離れているけれど、何となく雰囲気が似ている。

短さんは首の後ろに両手を回し、ネックレスの留め具に手を触れた。

「ん……取れない。すみません、道子さん。取っていただけますか？」

「はい。では、少ししゃがんでください」

さすが女の子だ。慣れた手つきで外し、短さんの目の前に差し出す。

「素敵な石ですね。パワーストーンか何かですか？」

「ええ。お守り代わりにつけておりまして、失くしては困りますので、持っていていただけますか？」

　どうやら短さんは、道子さんに取り憑かせるつもりらしい。彼女がお守りを持っていれば、お露さんが気づいて、お札をとるよう声をかけてくるかもしれない。

「はい。確かに、お預かりいたしますね」

　撮影は店の裏庭で、写真が趣味だという柳さんが、本格的なカメラでぱしぱしと撮っていった。短さんもどうやら撮られ慣れているようで、雑誌の対談写真と変わらないような、リラックスした表情を見せている。ポーズを変えるたびに、道子さんが襟元や帯を直して、撮影はつつがなく行われた。

　柳さんが、撮り終えた写真をパソコンに取り込む。その画面を短さんが覗《のぞ》き込み、感嘆の声を上げた。

「わあ、すごいですね。プロの方が撮ったみたいです」

　確かに画質や構図もプロっぽいし、何より短さんが、雑誌のモデルに引けを取らないほど綺《き》麗《れい》だ。

　隣にいた道子さんが、俺の方にくるっと顔を向けて、にっこり微笑む。

「おかげさまで、人気が出そうです。ありがとうございます」

「いや、俺は何もしてないです……」

「いえいえ。桜木さんがいらっしゃらなかったら、きっと青野先生は来てくださらなかったと思いますので。あなたのおかげです」

ちょこんと頭を下げられて、どうしていいか分からない。あわあわしながら、どうにか会話を繋《つな》ぐ。

「あの、この画像はいつ載るんですか？」

「おふたりが帰られたらすぐに載せますよ」

「そうですか……」

会話終了。もっと何か聞き出せればよかったけれど、トークスキルがないから仕方がない。道子さんはふんわり笑って、店の奥へ引っ込んでいった。

夕食は外で済ませ、青野家に戻ったのが八時過ぎ。予想通り、短さんはネックレスを置いてきた。

「ブログ、更新されてますかね？」

開いてみると、最新記事に、短さんの写真が貼られていた——物憂げな流し目の美青年が、縁側にちょこっと座っている。

「やっぱりちょっと恥ずかしいですね」

「かっこいいですよ。お露さん、見つけてくれれば飛んで来ると思うんですけどね」

そう。見つけてさえくれれば、すぐにでも。そのくらいのクオリティだ。ただ、姉が生きている頃からずっと探しているのだとしたら、奇跡のタイミングで都合よく見つけてくれることなんてあるかな、とも思う。

ブログの記事を下までスクロールすると、リクエスト通り、短さんのプロフィールが書かれていた。

［青野短（あおの・みじか）　六月生まれ、根津在住の文筆家。花札狂い］

「短さん、これ、なんで誕生月を書いてもらったんですか？」

「ああ。それはお露さんへのメッセージです」

短さんは、文机《ふづくえ》から花札を持ってきた。

「六月札が牡丹《ぼたん》だという話はしたことがありましたね？」

「あ、牡丹灯籠……！」

短さんは、こくりとうなずいた。

「花札は全部で四十八枚ありますが、その中で青短と呼ばれる札が三枚あります。そのひとつが、六月の牡丹なんです。ちなみに、九月札の菊も青短です。お揃いですね」

そう言って、束の中から二枚抜き取り、畳に置いた。牡丹と菊、それぞれに紫色の短冊があしらわれている。

「それから、根津在住というのも、あえて書いていただきました。萩原新三郎氏の住まいは根津ですので」

新三郎さんの気配を探る。なんだかうれしそうな？

「もしかして、新三郎さんが短さんに憑《つ》いたのって、それが理由なんじゃないですか？」

「可能性としてはあり得ますね。彼が憑いたのは、五年前、両親からこの家を引き継いで根津に戻った頃ですので」

新三郎さんからしてみれば、短さんに出会ったことは幸運だったのかもしれない。根津に自分の気配が分かるひとが現れた。しかも、江戸落語の研究をしていて、筆名は花札の牡丹が由来。

短さんは、ふふっと笑った。

「いままでお露さんが新三郎のことを見つけられなかったのは、僕が不信心者だったからかもしれませんね。きっと、『新三郎さんはお札のある家に隠れている』と踏んで探していたのでしょう」

なるほど。それなら、姉に憑いて父にお札はがしをさせていたのは、お露さんにとっては効率の良い方法だったはずだ。

「お札を貼って三日経ってますし、お露さんが探す家の候補に入ってるといいですね」

「ええ。でもまあ、気長に……」

と言いかけたところで、インターホンが鳴った。ふたりで階段を降り、短さんがドアを開けると、道子さんがいた。

「先生、申し訳ありません。お預かりしていたネックレスをお渡しするのを失念しておりまして」

短さんは、両手を顔の前で合わせ、「ああ」と驚いてみせた。

「僕の方こそ、すっかり忘れていました。こんな夜分にお嬢さんを出歩かせてしまって、すみません」

お互いぺこりと頭を下げる。

「お詫《わ》びと言ってはなんですが、これは道子さんに差し上げます」

「ええ？　大事なものだとおっしゃっていたじゃないですか。受け取れません」

「いえいえ。ちょうど新調しようかと思っていたところですので」

そして、階段の上をふいっと見る。

「あと、おかずを作りすぎてしまったので、持って帰ってください。筑前煮《ちくぜんに》ときんぴらごぼう、ちょっと詰めてきますね」

そう言って短さんは、トントンと二階へ上がってしまう。

置いていかないで……！　と思ったけれど、すぐに気づいた。道子さんにお札を取る時間をあげないといけないのだ。それなら、俺もどうにか言い訳して一旦《いったん》離れないと。

トイレとでも言おうかとした、そのとき。道子さんが、上目遣いにこくっと首をかしげて言った。

「あの……、桜木さん。もし良ければなのですけど……お友達になりませんか？」

「へ!?」

予想外の言葉に、思わず素《す》っ頓狂《とんきょう》な声を上げる。道子さんは、少し恥ずかしそうに続けた。

「連絡先とか……教えていただきたくて……」

消え入るような声の彼女。人生にない予定の出来事が起きて混乱する俺。

「あ、えっと……っ」

慌ててジーパンの後ろポケットを叩《たた》いたら、スマホを上に置いてきたことに気づいた。

「す、スマホ取ってきます」

都合よく脱出できたから結果オーライか。しかし、友達って？　友達？　俺？

混乱しながらバタバタと階段を上がっているところに、紙袋を持った短さんが降りてきた。

「あら、ぴこさん。慌ててどうなさったのです？」

「あ、いや……っ、ちょっとスマホを……」

　短さんは、目をぱちぱちとさせたあと、ふふふと笑った。

「若い方同士、お邪魔したら悪いですね。ちょっと引っ込んでいましょうか」

「い、いてください。何話したらいいか分かんないっ」

「まあまあ。とりあえず、道子さんにはお札を取っていただかないといけないのですから。僕はご主人に一筆書くことにしますので」

　そう言って彼は、さっさと引き返していく。俺もその後ろに続いて上がって、ちょっとだけ時間を稼いでから、再び玄関へ降りていった——短さんの、有無を言わせぬ『ひとりで行きなさい』オーラが厳しかった。


　こんなこと、自分の人生に起きるなんてこれっぽっちも思っていなかったけれど……

……俺はいま、道子さんを家まで送り届け、再び青野家に向かって歩いているところだ。

　突然『いますぐ片付けなければならない仕事が入ったので、お送りできません』と言い出した青野短先生に、感謝した方がいいのだろうか？

　開けっぱなしにしておいてくれた玄関に入ると、壁のお札はなくなっていた。ちゃんと持って帰ってくれたようだ。

「おかえりなさい。お手数おかけしまして、すみませんでした」

「いや、全然。それよりどうですか？　お露さんの気配とか」

「いまのところは何も。出るなら枕元に立つ気がしますので、きょうは早く休みましょう」

並べた布団にもぐると、短さんはすぐに、すうすうと寝息を立て始めた。でも俺は、色々考えてしまって眠れない。

もしお露さんが来たら、両親と姉のことも話に出るだろう。『家族が変なのが怪異のせいだったらいいのに』なんて思ったこともあったけれど、いざ本当にそうかもしれないとなると、複雑な気持ちになる。

そして何より怖いのは、それを知ったところで、自分が何も思わないのではないかということだ。家族に対して感情の湧かない俺が、生まれる前のことや自分の知らない姉の話を聞いたところで、何も感じないのではないか、と。もしそうなら、いよいよ自分は、何かが欠落した人間なのではないかと思う。

だめだ、考えるのはよそう。そもそもきょう出るとは限らないし。

無理やり寝るために、退屈だった高校の化学の授業を思い浮かべた。ちんぷんかんぷんの記号が、眠気を誘う。

当てられてもうまく答えられなくて、帰りたくなって。でも、家に帰ったら居心地が悪いから、できれば帰りたくなくて。もしも願いが叶《かな》うなら、どこかの寂れた海で砂山になって、風に吹かれてさらさらと消えてしまえたらいいのに、なんて——

『……あなたじゃない』

ささやき声がして、目を覚ました。体感では、眠って数時間は経っている気がする。おそるおそる声のする方向へ顔を向けると、綺麗《きれい》な若い女性と灯籠《とうろう》を持った女のひとが、ほんの少し浮いて、並んで正座していた。真顔で、眠る短さんを見下ろしている。

「……お露さんとお米さんですか？」

小声で話しかけてみたけれど、何も言わない。

「新三郎さんを探してるんですよね？　そのひとに聞けば分かりますよ」

お露さんが短さんを揺すって起こす。短さんは、お露さんの顔を見てにっこり笑った。

「こんばんは。飯島《いいじま》露さんでいらっしゃいますね？」

お露さんは口元を手で隠し、こくっとうなずく。短さんは体を起こして、空中に声をかけた。

「新三郎、お露さんがいらっしゃいましたよ。恥ずかしがっていないで出てきてください」

しかし新三郎さんは出てこない。気配はするけれど、もじもじしている。いや、そもそも、新三郎さんは出てこられるのか？　五年間、声も姿も現せなかったのに。

短さんは、ちょっとイラ立った声で言った。

「新三郎？　女性をいつまでも待たせてはいけませんよ。ねえ、ちょっと」

そして、眉間《みけん》にぐっとしわを寄せたと思ったら、壁に向かって枕をぶん投げた。

「出てこいっつってんだこのこんこんちき！」

「み、短さん！　人の彼氏の悪口を言ったらだめですよ！」

慌てて止めたら、お露さんがぷっと噴き出した。

「……わたくしもそう思いますわ。こうして方々探し回って参りましたのに、出てきてくださらないなんて、こんこんちき、です」

少しすねたように言ったら、天井の角から、すーっと男性が浮き出てきた。

「あ……あれ？　おれは……」

「ほんとに出てきた！」

初めて見る新三郎さんの姿。話通りの綺麗な顔立ちで、優しげな雰囲気だ。

びっくりして短さんを見ると、彼は何だか全て分かっていたように、にこにこと笑っていた。新三郎さんは、戸惑いながらも、お露さんに向かってぺこっと頭を下げる。

「すまなかったよ。久しぶりに見たら、あまりにも綺麗で、照れてしまって」

「まあ」

お露さんは恥ずかしそうに、頬へ手を当てる。

「そばへ寄ってもいいかな」

こんなやわらかな声の持ち主に、控えめに尋ねられて——お露さんがすぐに恋に落ちてしまったというのも納得だった。

「よかったですね、新三郎。お露さんもお米さんも。長い旅でしたね」

お米さんはうれしそうに目を細めて、ゆっくりとうなずく。新三郎さんはお露さんの隣に座った。

「それで……せっかくのところ申し訳ないのですけれど、お露さんにおうかがいしたいことがあるのですが。よろしいですか？」

「はい。わたくしが分かることでしたら」

短さんは、居住まいを正して聞いた。

「桜木梅香さんのことをご存じないですか？」

「……はい。ずいぶん昔にお世話になった女の子です」

「あの、多分その子、ぼくの姉なんです。会ったことはないんですけど……」

お露さんは少し驚いたあと、首をかしげた。

「梅香ちゃんはいま、どこにいるのですか？　急にいなくなって」

「えっ？」

お露さんは、姉が死んだことを知らないのか？

「ぼくが生まれる前に死んじゃったらしいんですけど、ぼく、てっきりお露さんの呪いだと思って……、って、あっ」

言ってから、とんでもなく失礼な発言だと後悔した。想像だけで酷《ひど》いことを言ってしまって、怒らせたかもしれない。謝らないと。

おそるおそるお露さんを見たら、彼女は目をまん丸くしていた。

「……梅香ちゃんは、死んでしまったのですか？」

「そうらしいんですけど、ぼくは姉がいたことを最近知ったので、見てもいないですし実在する人物かは知りません」

口にしたことを、また後悔する。どうしてこういう言い方しかできないんだろう、仮にも家族だというのに。

見かねたらしい短さんが、眉根《まゆね》を寄せて笑った。

「この子は、月彦といいます。少し彼の話を聞いてあげてくださいませんか？」

お露さんは、新三郎さんとお米さんの顔を見たあと、こっくりとうなずいた。

お露さんと姉の出会いは、姉が三歳のときで、新三郎さんを探し始めてすぐのことだったのだという。自分の姿に初めて気づいた人間が姉で、色々話すうちに、姉が、新三郎さんを一緒に探すと言い始めたそうだ。

ある日お露さんは、姉から、家が急に貧乏になってしまったことを聞いた。そっと覗《のぞ》きに行くと、両親が頭を抱えている。そこで、ピンとひらめいたそうだ。新三郎さんを探しながら、家にお金が入るようにして、ふたりで助けよう……と。

姉は、大好きなお露さんと一緒にお父さんお母さんを喜ばせられると、張り切っていたらしい。

「では、お露さんは、自作のお札を勝手に売るのが人間のルールに反しているということは、ご存じなかったのですね？」

「はい、少しも存じ上げませんでした。月彦さん、本当に申し訳ありません」

お露さんは、後悔の色をにじませ、頭を下げる。

「いや、お露さんのせいじゃないですよ。知らなくて、良かれと思って考えたことなんですから。両親がいけないんです。だめなことだって分かってるんですから、姉がそういうことを言い出しても、断るべきだったと思うので」

親としても、人としても。

短さんは、首をかしげて言った。

「梅香さんが亡くなったのは、お露さんとは関係がない。でもお母様は『わたしたちのせい』とおっしゃった。もしかしたらご両親は、本当は呪いでもなんでもないのに、悪事の報いで死なせてしまったとお考えになったのかもしれませんね」

「呪いって思っちゃうような、不自然な死に方だったんですかね？」

「ええ。勘違いしてしまうような事故だったのではないかと」

姉がどのように亡くなったのかは聞けていないけれど、タバコに関係があるようなことは言っていた。

すると、ここまで黙って聞いていた新三郎さんが、おずおずと口を開いた。

「あの、おれのせいだよ。おれがお露とすぐに会えていれば、こんなことには」

心底申し訳なさそうな新三郎さんに、短さんはふわっと笑って言った。

「よしてください、そんな他人行儀な。お互い無礼な僕たちじゃないですか」

「でも……」

視線を落とす新三郎さんに、短さんは笑いながら言った。

「てやんでいこのしみったれ。おめえはお露さんと会えなかった理由が分かってねえんだろ」

新三郎さんは、目を丸くして固まったあと、大きくうなずいた。短さんは、口元にこぶしを当てて、ふふっと笑う。

「あなたは元は、怪異ではないのですよ。お露さんとお米さんは、お話の中に幽霊として登場しますが、あなたは人間で、殺されただけです。その後、萩原新三郎が幽霊になったなんて話は、牡丹灯籠のどこにも書いてありません」

あ……確かに。あまりにもナチュラルにいたので、全然気づかなかった。

「短さんはもう、落語が怪異になる仕組みも分かってるんですか？」

「そうですね……、まだ、断言はできませんけど。でも、いままで見てきた怪異と、声も姿もなかった新三郎の違いは何かと考えたら、なんとなく答えは見えていますよ」

お露さんと新三郎さんは、顔を見合わせている。

「……じゃあ、おれは、お前に好かれたから幽霊にしてもらえたのか」

「いいえ？　わたくしはてっきり、あなたの方が幽霊になってこちらへ来てくれたのだとばかり」

きょとんとし合うふたりを見て、短さんは、おかしそうに笑った。

「おばけ未満の新三郎が、いまこうしてお露さんと再会できて、自分を取り戻したわけです。素晴らしいですね。というわけで新三郎。自分のことが分かったのなら、野暮なことは言わずに、ぴこさんのお悩み解決を手伝ってください」

「ああ、それはかまわないが……何をすればいいんだ？」

短さんは、お露さんの方へ向き直り、尋ねた。

「お露さん。梅香さんと最後に会った場所を覚えていますか？」

「はい。いつも、同じ公園で一緒に遊んでおりましたので」

「あした、僕たちをそこへ案内してください。梅香さんが亡くなった事故のヒントを探りましょう。新三郎もついて来てくれますね？」

「ああ。世話かけた分、しっかり手伝うよ」

　新三郎さんが大きくうなずくのを見て、短さんも、うれしそうに微笑む。

「それと、お露さん。道子さんはどうなっていますか？」

「彼女は慎ましやかな方ですね。お米のまじないで少しお昼寝していただいて、相談を持ちかけましたら、お札を取るのを手伝ってくださるうえに、見返りは要らないと」

　そうか、彼女は泥棒にならずに済んだんだ。

……そう思ったところで、ふわりと、強烈な眠気に襲われる。ふらふらっと布団に倒れ込む寸前、お米さんの笑顔が見えた。

「なるほど、乳母さんのおまじないはすごいですね。こんな風に子供を寝かしつけるのですか」

　納得する短さんの声が、ぼんやりして……子供ってなんだと思いながら、意識を飛ばした。

翌朝の始発で、お露さんの案内のもと、姉と最後に会ったという公園にやってきた——予想通り、元々三人が住んでいたという家の近くだった。

明け方なので、周りには誰もいない。短さんは、声をひそめてお露さんに聞いた。

「当時と様子は変わっていますか？」

「いいえ。遊具の色は違いますけれど、あるものは同じです」

ブランコ、鉄棒、ジャングルジム、滑り台、砂場。シンプルにこれだけだ。みんなでひとつひとつの遊具を見てみるけれど、特に変わったことはない。

不慮の事故と言えば、遊具から落ちて死んでしまうとかだろうけれど……それだと、

『梅香と同じ苦しみ』を望んでいた母は、飛び降り自殺でもしていたはずだ。

さすがに見ただけでは分からないか、と思っていたところで、お露さんが「あら？」と声を上げた。

「どうなさいました？」

「あの、長いすのところ。昔はあそこに、灰皿があったのです」

そう言って指差すのは、ベンチと自動販売機の間のスペースだ。俺はお露さんに教えた。

「それ、撤去されたのかもしれないです。昔と違って、いまは外でタバコを吸ったらいけないんですよ」

「まあ、そうなんですか。昔はよくあそこに座って、殿方がタバコをお飲みになっていましたけれど」

短さんはすたすたとベンチのところへ歩いて行き、辺りを見回した。

「もしかして、灰皿のそばにくずかごがありましたか？」

「はい。ございました」

短さんはしばらく黙って考えたあと、ぽつっとつぶやいた。

「ジュースの缶に吸い殻を入れて、ここへ置き去った者がいたのかもしれません」

「あ、それを姉が飲んじゃったってことですか？」

短さんは、こくりとうなずく。

「五歳の子供がタバコを食べてしまうことはあまりないと思いますが、誰かが置いて行ったジュースを飲んでしまうことは、あり得ると思います」

「確かに、ベンチにぽんって置いてあったら、好奇心で飲んじゃうかもしれないですね」

もしそうなら、呪いでもなんでもなく、完全に事故だ。

「それと、タバコが溶けた液体は、普通にタバコの葉を食べてしまうよりも毒が回って危ないのだそうです」

「へえ、そうなんですね……」

何でそんなことを知っているのかと聞こうとして、すぐに、母と話したあとに調べたのだろうと気づいた。

調べようとしなかった自分はやっぱり薄情なのかな……と落ち込みかけたけれど、いまはそんな場合ではないので、暗い思考は隅へ追いやる。

「……じゃあ、両親は姉がそれを飲んだことに気づいてなかったってことですよね？」

「ええ。きっと、おうちに帰ってから突然具合が悪くなったのでしょう。お医者にタバコが原因だと言われて、心当たりのないおふたりが、『ならば呪いか』と考えた可能性はあるかなと」

普通なら、そんな思考にはならないと思う。ちょっと考えれば、直前に公園で遊んでいたことと関係があることくらい、すぐ分かるはずだ。

でも、人間、後ろめたいことがあればそうとは限らない。理由の分からない娘の急死にただ怯《おび》えて、そのまま娘の存在自体をなかったことに……なんて考えることも、あるかもしれない。

「あの、お露さん、ありがとうございました。新三郎さんも、お米さんも。もう大丈夫です。あとは自分で親と話すので、これで」

短さんは、少し心配そうにこちらを見た。

「お露さんに付き添っていただかなくてもいいのですか？」

「はい。俺の問題ですし、せっかく会えたのに、引っ張り回すのも申し訳ないんで」

「いいのかい？　おれはぴこくんに、何もお詫《わ》びができていないよ」

「自分の力で話してみたいんです」

みんな、理解してくれたようだ。短さんは、新三郎さんたちに言った。

「それでは一度ここで、お開きにしましょう。でも、これきりでは寂しいです。また遊びに来てくださいますか？」

「ああ。初は、一日一回花札をしないと眠れないだろう。毎日来るよ」

短さんは、うれしそうに笑った。


八月十九日、母が退院した。

父が車で迎えに行ったのだけど、特に変な空気でもなく普通に帰ってきて、家で待っていた俺も、なるべく普通を心がけて出迎えた。

荷物を片付けながら、ちょっとした会話をする。父も交えた三人の会話は半年ぶりだったけれど、いままでと同じ。いや、むしろ父が、入院前よりやわらかいような。お見舞いに通ううちに、会話をするようになったのだろうか。

片付けが済んだところで、三人分のお茶を淹《い》れ、不意打ち気味に切り出した。

「あのさ、お姉ちゃんのことなんだけど……」

ふたりが、ぱっと俺の顔を見た。

「俺、おばけが見えるようになったって言ったでしょ？　それで、お姉ちゃんに憑《つ》いていたひとを探して、直接聞いたんだ」

いまにも大声を上げそうな父と、一瞬で全てをあきらめたような母。俺は、努めて冷静に伝えた。

「呪いなんかじゃなくて、本当に、運悪く起きた事故だったみたい」

「え？　どういうことなの……？」

戸惑う両親に、俺は、聞いてきたことをひとつひとつ話した。

「お姉ちゃんは、女のひとの幽霊と協力して家を助けようとしていただけで、無理やりさせられていたとか、呪われていたというわけじゃなかったんだって」

「じゃあ、なぜ死んでしまったの？」

「幽霊と青野さんと一緒に、お姉ちゃんが遊んでいた公園を見に行ったんだ。それで色々話し合って、『ジュースの缶の中にタバコの吸い殻が入っていて、それを飲んじゃったんじゃないか』ってことになった」

父は、はーっと長く息を吐いて、そのまま頭を抱えた。母は、なかば呆然《ぼうぜん》としながら口を開く。

「わたしたち、完全に罰が当たったんだと思って。急に黒い液体を吐いたものだから。

でも幽霊だなんて信じてもらえるわけがないし、それで、どうしようかと病院へ行くのをためらっていたせいで……」

父は前髪をぐしゃっと摑《つか》んだ。母は、唇を震わせながら続ける。

「先生にはタバコの誤飲だって言われたけど、うちにそんなものはないし、ますます呪いだと思ってね。だから、うちのお墓には入れずに、無縁仏として合祀《ごうし》墓に入れてもらって、神主さんを呼んでお祓《はら》いまでしてもらったの。なんてことをしたのかしら……」

泣き出しそうな母の背中を、父がぽんぽんと叩《たた》く。

「お前のせいじゃない。決めた俺が悪い。お前のためだと何回説得しても、最後まで、梅香がかわいそうだって言ってたじゃねえか。だから、お前は悪くない」

父がこんな風に母をかばうところなんて、初めて見た。

「月彦、梅香の霊は見えないのか？」

「見えない。何でも見えるわけじゃないから」

「謝ることもできないのか……梅香……」

父が、弱々しい声で姉の名を呼んでいる。それを眺める、ふたりの自分がいた。

まずは、状況を冷静に分析する自分。幽霊の話をこんなに普通に受け入れるなんて、本当に、怪異の言う通りに過ごしていた時期があったのだな、と。

そしてもうひとつは……あまり認めたくないけれど、自分のせいだと責めたり、恋しそうに名前を呼んだりする両親を見て、複雑な気持ちになっている自分。やきもちなのだろうか。『姉に対してなら、そういう親っぽい感情も持てるんですね』という、何だか面白くないものを見せられている感じ。

　俺と両親の三人でいるときはほとんど会話なんてなかったのに、姉を介した途端、突然家族っぽい会話が生まれた。

　十九年間頑張り続けていた俺のひとり相撲を、たった一分の会話で鮮やかに踏み越える、存在しない姉。やり場のない感情が、お腹の中で膨れ上がる。

我慢しろ、我慢しろ。そうでなければ、惨めな自分を認めることになってしまう。

……そう思ったのに、ついに、言葉があふれてしまった。

「なんか、死んだ者勝ちって感じがする。お姉ちゃんは元々可愛がられてたうえに、かわいそうな感じで死んじゃったから、こうしていつまでも大事にされるわけでしょ。生きてる俺はこんな風に言われたことなんて一回もないし、いま俺がここで死んだって、ふたりともお姉ちゃんほどは悲しまないよ。ちっちゃくもないし、元々可愛がられてもいないんだから」

　頭では、めちゃくちゃなことを言っていると分かっていた。姉は、大事にされていたどころか、存在自体なかったことにされているのだから。

　それに、こんなことを問いただして、意味がないのも分かっている。そうだと認められても傷つくし、そんなことはないと嘘を言われても、虚《むな》しいだけだ。そう思うから、自分のことを好きかどうかを親に聞いてはいけないと、子供の頃からずっと、自分に言い聞かせてきたのに……。

　自分で自分が分からなくなり、混乱していると、母が俺の手を取って言った。

「生まれてくる月彦のために梅香のものを全部捨てようと言い出したのは、父さんだよ」

「え……？」

　ぱっと見ると、父は、ばつが悪そうに目をそらしたまま、後頭部をかいた。

「後ろ暗い家に生まれるんじゃ、かわいそうだろ。子供は生まれる場所を選べねえんだから、せめて、なかったことにしてやるのがお前のためだと思ったんだよ」

　姉の存在を消したのが俺のためを考えてのことだったなんて、思いもしなかった。ますます訳が分からなくなり、泣きそうになる。

「……梅香が死んでからは鬱々《うつうつ》と暮らしてたが、お前を授かったときには、やっと元に戻れると思ったんだ」

「元に、って？」

「普通に子供がいる、普通の家庭だよ。でも、お前が言葉を覚えてきた頃に、急に怖くなった。またおばけがと言い始めたらどうしようかと。そしたら、お前とも、母さんとも、向き合うのが怖くなっちまったんだよ」

父は、自分がまた何かの拍子に同じようなことを繰り返して、家庭を壊すのではないかと思ったらしい。そして、取り乱したり暴力を振るうよりはましだということで、頭が冷えるまでふらっと出ていくようになったそうだ。

それから、母は母で、姉に申し訳ない気持ちが拭《ぬぐ》えず、どうしても幸せな家庭を築こうという気が持てなかったのだという。

家庭が冷え切っていたことに、それなりの理由があったのは分かった。でも、『それなら仕方ないね』と言ってあげることは、俺にはできなかった。そこまで人間ができていない。

父はちょっとお茶をすすってから、ぼそっと言った。

「一緒に写真でも見るか？」

父が、リビングの片隅に目をやった。視線の先には、指輪捜しをしたときに下ろした段ボールが、四つ置いてある。

母はどうかと思いちらっと顔を見たら、嫌そうではなかったので、三人で見ることにした。

中身は分類も何もされておらず、どんどん詰めたような感じだった。母曰《いわ》く、大事に取っておいていたというよりは、なんとなく捨てづらいものをここに入れていたらしい。

父が、横長の封筒を手に取った。写真屋で現像したときにもらえる紙袋だ。中身を取り出しながら、ぽつっとつぶやく。

「俺は勝手な人間だという自覚があるが、一応、小さな思い出を大事にしてたりもする」

床に広げると、二十枚ほどの写真。

「あ、これ、高尾《たかお》山《さん》」

小学四年生のときに、父とふたりで登山に行ったときのものだ。親子らしいことをした数少ない出来事のひとつなので、よく覚えている。

「……あれ、楽しかっただろう。俺は楽しかった」

あのときは確か、学校で友達関係がうまくいかず、ちょっと孤立し始めたところだった。そんなある日、急に父が『山に登る』と言い出した。

気まぐれに親っぽいことがしたくなっただけだろうと、そのときは思っていたのだけど。

「俺にとってはあの登山は、初めて、梅香のことを完全に忘れてお前のことだけを考えていてもいい時間だったんだよ」

「え……」

驚いた。すぐいなくなる父が、俺と普通に親子をやろうとしたこともあったなんて。

写真を眺めながら、記憶を呼び起こす。

「俺このとき、近くの山だしって気軽に考えて行って、意外とハードで途中で帰りたくなった」

父に励まされながらえっちらおっちら登っていたけれど、途中で完全に動けなくなり、道の端に座りこんでしまったのだ。

「でも父さんが『帰るか、母さんが待ってるしな』って言って、それを聞いたら俺、『途中で帰ってきた』って言いたくなくて、頑張って最後まで登った」

写真を手に取り、山頂の写真を捜し出した。母は、ほんの少し笑う。

「帰ってきたら、恥ずかしそうに、『てっぺんで拾った』って石をくれたのよ。覚えてる？」

「そうだっけ？　それは忘れちゃった」

「どこかに入ってるはずだけど」

三人で段ボールの中身をごそごそと捜すと、軽く握れるくらいのサイズの石を見つけた。油性ペンで長い耳と顔が描いてあり、お腹のところに『うさ山たかお　5／

19』とある。

「たかおくんって言って飼ってて、お皿にビーズを載せて毎日ご飯食べさせてたよ」

「え、覚えてないや」

「えさが欲しいって言うから、次の日の仕事帰りに買ったんだけどな。まあ、そこまでは覚えてねえか」

全然覚えていなかった。

ずっと、両親は俺のことはどうでもいい荷物くらいに思っているのだと考えていたけれど、全く大事にされていなかったというわけではないらしい。

封印していた言葉が、口をついて出る。

「もしかして、俺のこと、嫌いじゃないの？」

「嫌いなわけないよ」

つぶやいた母は、父を見る。父は頭をがりがりと掻《か》きながら言った。

「まあ……そうだな」

父は、家にいないか、いてもお酒を飲んでいるかで、まともに話せなかった。母は、学校であったことを話しても『すごいね』『よかったね』と言うだけで、全然目を合わせてくれなかった。

「月彦のことが嫌いだからこうなっていたわけじゃないの。好きなのに、あなたと話をしようとすると汚い感情が湧くから、そんな自分を見るのが嫌だった。でも、本当は好きなの」

吐き出す母の言葉を、嘘だろうとは思わなかった。ただ、『そっか』という、ほっとした気持ちだけがある。

何か言おうとしたら、いつの間にか、ぽろぽろと泣いていることに気づいた。

「……あれ？　あれ、なんでだろ」

悲しいわけでもないし、かと言ってうれし泣きでもない。ただ、正体不明の何かが、体の中からぼろぼろとこぼれていく感じ。

何に泣いているのかも分からなかったけれど、袖《そで》で雑に涙を拭っていたら、母がそばに寄ってきて、背中をさすってくれた。

「月彦、ごめんね。苦しかったって知っていたのに、知らんぷりしていて。梅香に申し訳ないなんて、言い訳だった。子供の話も聞かないだめな親だった。でも、好きなのは本当なの。勝手でごめんね」

十九にもなって、親になでられながら泣くなんて、情けない。そう思いつつ、涙は止まらない。

「もっと早く、ちゃんと向き合ってれば良かったな。悪かった」

両親に謝られて、気づいた。

俺だって、『抱っこしてほしい』とか『甘えたい』とか、言ってしまえばよかったのだと思う。無理やり自分の気持ちを押し殺したりしなくても、ほんのちょっと『好きだ』『可愛い』と言ってもらえれば、それだけでよかった気もする。

父は、見たこともないような力の抜けた目で、俺を見た。

「別に、許してくれなくていいぞ。詐欺を働いて、子供の存在自体をなかったことにするなんて、人間のクズだ。お前には親らしいこともしてねえし」

許す、許さない――そんな風に考えたことがなかったから、戸惑ってしまった。

ふと台所を見ると、小学生の自分と、少し若い両親が見えた。俺はランドセルを背負ったまま母に話しかけている。母はまな板に目線を落としたまま無表情で答えていて、その後ろを父が無言で通り抜けた。

なぜこんなに冷え切っているのか、理由など知る由もない。けれど、もし小学生の俺がこの姉の秘密を聞かされていたら……玄関の外へ消えていく父を見て、心がバラバラになっていたのではないだろうか。

俺はふうっとため息をつき、両親の目をそれぞれ見た。

「……隠してたことが許せないとかはないよ。子供の頃に聞いてたら、受け止めきれなかった話だと思うし。だから、昔のことが後ろめたいせいで変になるくらいなら、なかったことにしてくれた方がいいな。俺に冷たくしたとか、罪悪感がどうとか、そういうのは丸ごと、もうなかったことにして欲しい。その方が気が楽。父さんも母さんも、そうでしょ……？」

言葉の語尾が溶けて、沈黙が流れる。

ややあって、眉根《まゆね》を寄せて少し微笑んだ母は、もう一度「ごめんね」と言った。父が、控えめな声で尋ねる。

「月彦がいま一番やりたいことは何だ？　なるべく叶《かな》えたいと思うから、教えて欲しい」

「やりたいこと。なんだろ」

首をひねり、目を閉じる。すると、お露さんと、ぼんやりとした小さな女の子が目に浮かんだ。

「えっと、お姉ちゃんのお墓参りに行ってみたい。一緒に行きたいひとたちがいるから、場所、教えてくれない？」

意外な答えだったのだろう。父は少し驚いた顔をしたあと、苦笑いして言った。

「……月彦は勇気があるな。俺たちが二十五年もできないでいたことを、やろうとするんだから。すごい」

ほめられて、また泣いた。

姉が眠る合祀《ごうし》墓は、文京《ぶんきょう》区の小さなお寺にあった。火葬業者にお任せで、家から一番遠いところをと頼んだら、そこになったらしい。完全に偶然ではあるけれど、短さんが住む根津も文京区なので、なんとなく縁を感じた。

短さんは最近とても忙しそうだったけれど、だめ元で聞いてみたら、ふたつ返事でオーケーをもらえた。曰《いわ》く、半年前から書いていた本が、書きあがったらしい。

お寺の前で待っていたら、斜め上の方にふわっと気配がした。そして、横から呼ばれる。

「お待たせしました。こんにちは」

振り向くと、黒紋付を羽織った短さんがにこにこしていた。新三郎さんとお露さんも、すぐそばに浮いている。

「わざわざすいません、来てもらっちゃって」

「いえいえ、ずっとカンヅメでしたから。お誘いいただいて、ありがとうございます」

そう言って短さんは、上品にお辞儀をした。

墓地は、敷地の奥の方にあるらしい。本堂に手を合わせたあと、生け垣の隙間を縫って、敷地の最奥を目指す。

「あ、多分これです」

他のお墓より少し背が高く、五重塔みたいな形の墓石。台座には『永代供養墓』とある。お露さんが、塔の屋根にそっと手を触れ、静かに言った。

「ここに梅香ちゃんが眠っているのですね」

「幽霊同士、見えたりするんですか？」

お露さんは、少し微笑んでふるふると首を横に振った。

「いいえ。ひとりも見えておりません」

「墓なんて、死人が見えてたら大混雑なんだろうなあ」

新三郎さんが、きょろきょろと見回す。

買ってきた仏花を台座の上に置くと、短さんが俺のすぐ横にしゃがんだ。ふたり並んで静かに手を合わせ、目を閉じる。

純粋な、姉を弔おうみたいな気持ちとはちょっと違うと思う。こうして足を運んで手を合わせることで、家族に対して少し気持ちが変わったり区切りがつけばいいなと、そういうことを期待して来た。

それに、姉の死を悼む気持ちは、俺なんかよりお露さんの方が強いと思う。こうして泣いてくれるひとが一緒に来てくれたから、虚《むな》しくならずに済んだかなと、涙を流すお露さんの横顔を見て思った。

頭を上げると、短さんがこちらを見て、穏やかな表情で首をかしげた。

「少し気持ちに整理がつきましたか？」

「はい。はじめましてのあいさつをした感じですけど」

　俺も両親も、ようやくお互いと向き合い始めたし、十九年もかかったけれど、『家族が始まった』という感じがしている。だから姉にも、自分が弟だと言ってみたつもりだ。

　少し前の俺だったらきっと、お墓参りなんて意味がないと思ったはずで、こんな風に考えられるようになったのはきっと、短さんや怪異と関われたおかげなのだろう。

　石の塔を見上げる。

「とりあえず、家族に興味が持てたし、お墓参りもできました。ずっと自分が冷たい人間なんじゃないかって思ってたから、ちゃんとできてうれしいです」

　新三郎さんが、ふよふよと俺の目の前に来て、人好きのする笑顔で言った。

「おれはぴこくんのことを、冷てえなんて一度も思ったことはないよ。初めて会ったときからずーっと優しい。自信持って」

「ありがとうございます」

　微笑ましそうに見ていた短さんが、胸の前で両手を合わせて言った。

「ぴこさん、もしよければこのあと、うちへ来ませんか？　たまにはゆっくりお話ししたいです」

「はい。俺も、短さんに話聞いてもらいたいなって思ってたので。ぜひ」

　新三郎さんたちとはここで別れ、ふたりで青野家へ向かった。

　家に着くとすぐに、アイスキャンディを勧められた。何種類もあって、どう見てもひとりで食べる量ではなかったから、はなから呼んでくれるつもりだったのかもしれない。優しさに感謝しつつ、ソーダ味を手に取る。

　洋服に着替えた短さんがやってきて、みかん味を選び、いつもの座卓のところへ座った。

「ご両親はその後、いかがです？」

「おかげさまで、まあまあうまくやってるみたいです」

　退院の日に話をして、自分も両親も、心境の変化があったのだということを伝えた。

「父はこの間、拾った財布を持ち主に返したそうです。中身の三十万を入れて」

「よかったですね。胸に引っかかっていたものが取れたのではないですか？」

「はい。それで夫婦間も気まずくなくなったって聞きました」

　ちょっと、口をつぐむ。なんて言おうか。

　窓の外では、蝉がミーンミーンとけたたましく鳴いていて、俺はその様子をぼんやりと眺めながら、ひとりごとのようにつぶやいた。

「昔の写真を見たり、子供の頃の話を少しして、自分のイメージよりは色々してもらってたってことが分かりました。完全に無視されてたわけじゃないっていうか。まあ、それを受け取れるように育てられてないんで、気づかなかったのは仕方ないですけど」

「大人になって初めて分かることは、たくさんありますよ」

部屋の中へ視線を戻す。短さんは、アイスの先っぽをちょこっとかじっていて、その表情を見たら、ふっと肩の力が抜けた。

「語ってもいいですか？」

「もちろん」

俺はちょっとため息をついてから言った。

「両親から見て、多分俺は、恐怖の対象だったんだと思うんです。子供を亡くす喪失感って相当だと思いますし、しかもそれが、自分の醜い部分のせいだと考えていたのならなおさら。俺を見て『もう二度とあんな気持ちは味わいたくない』と思って逃げるのも、何となくは分かるというか……」

両親が初めて吐き出した、過去の後悔と懺悔《ざんげ》。『全部なかったことにして欲しい』と願った自分が、実は『水に流して一からやり直したい』と思っていたのではないかと気づいたのは、つい最近のことだ。

「なんか、こんな風に、親の気持ちとか考えられるようになったの、自分でも意外でした。理解するしない以前に、興味が持てないというところでつまずいていて、『大事にしなくちゃいけないはずなのに』という思い込みにとらわれてたので」

短さんは、穏やかな顔でこっくりとうなずいた。

「別に、無理して優しくなる必要はないのですよ。ご両親の気持ちを想像できたのは素晴らしいことです。でも、想像したことを全て受け入れなければならないわけではありません」

短さんは、最後のかたまりをひと口でぱくっと食べ、少し口の中で転がしたあと、子供みたいな表情で言った。

「納得できないことはそのままでもいいですし、全部許してあげなくてはいけないわけでもない。それが、人間関係というものですから」

「難しいですね」

真似してぱくっといったら、大きすぎたらしい。はふはふしながら短さんの顔を見たら、おかしそうに笑っていた。

短さんが、文机《ふづくえ》の横にあるごみ箱へ、アイスの棒を捨ててくれた。そしてふと机の上を見たと思ったら、「ああ」と小さく声を上げた。

「ぴこさん。僕、気づいたことがあるのですけど」

「何ですか？」

「桜木家で役が揃《そろ》うのは、ぴこさんだけではなさそうですよ」

桜木月彦、九月の菊。これで二役揃うのだと、短さんは言っていた。

「赤短という役があります。これは、赤い短冊に文字が書いてあるもので、青短と同じく、三枚しかありません。それが、桜、松、梅なのです。お父様が桜木姓だとして、松枝さん、梅香さん」

「ほんとだ、赤短ですね」

さらに教えてもらうと、短冊の文字『あかよろし』は、元は『あきらかによろしい』から変化したもので、要するに『素晴らしい』という意味の言葉らしい。

「ご家族揃って三十文。大量得点でうらやましい限りです」

「完全に偶然だと思いますけど、そういう風に家族ひとまとまりのものがあるって分かると、ちょっとうれしいものなんですね」

実在するか分からないとさえ思っていた姉に対して、こうして小さな偶然を喜んでみることができるようになっているなんて。自分の変化が、むずがゆくも、少しうれしい。

「ぴこさん、僕、いいことを思いつきましたよ」

短さんはそう言って、机の引き出しを開けた。取り出したのは、三枚のチケット。

「今度、四谷ほととぎす亭で、ちょっと面白い企画をやるそうなんです。なんでも、親子にまつわる滑稽噺《こっけいばなし》を集めたものだとか」

　落語の登場人物には、大酒飲みの父親や、穀潰《ごくつぶ》しの息子なんかがよく出てくる。たいてい最後には痛い目を見て、笑ってしまうような面白いサゲになっているのだけど。

「ご家族でいかがです？　みんなで笑ったら、きっと楽しいですよ」

　手渡されたチケットを、じっと見る。そういえば、両親が何かを見て笑っているところなんか、見たことがない気がしてきた。

「ありがとうございます。誘ってみます」

　ぺこっと頭を下げると、短さんは目を細めて笑った……と思ったら、ちょっとあごを引いて、恥ずかしそうに付け足した。

「あの……いつか、僕とも一緒に行ってくださいますか？」

　本当に恥ずかしそう。思わず、ぷっと噴き出して言った。

「はい。ぜひ、連れて行ってください」

　短さんは、軽く片手を握り、小指を立てて俺の目の前に差し出した。

「指切りげんまんしましょう」

「ええ……？」

　いい大人がそんなことをする？　とびっくりしたけれど、数々子供扱いされてきたことを思い出した。

「あ、はい……じゃあ」

そろっと、小指を絡める。

「ゆーびきーりげんまん、嘘ついたら……」

尻《しり》すぼみに失速する。

短さんは、くすくす笑いながら「じゃがいも千個皮むきさせる」と言った。

エピローグ

　ころころと虫の音が心地よい、夏の終わりのある夜。きょうもきょうとて、せっせとＤＭの仕分けをする。

　無事姿が見えるようになったと思っていた新三郎さんは、なんと、お露さんが目の前にいるときにしか見えないことが分かった。

　なので、青野家では相変わらず、俺と短さん、そして気配だけの新三郎さんの三人で、まったりと過ごしている。

「ぴこさん、届きました」

　宅配便の小さな箱を抱えた短さんが、二階へ上がってきた。

「なんですか？」

「僕の新刊です。発売前に、見本を送ってくださいました」

　短さんは畳の上で箱を開け、ハードカバーの本を取り出すと、感嘆の声を上げた。

「わあ、すごい。見栄えは全てお任せにしたのですけど、やっぱりプロはすごいですね」

「はい。上品な感じが短さんっぽいです」

シンプルなクリーム色の表紙に、ドンと書かれたタイトルは『怪異は噺を生むか』。

短さんは、裏表紙を見たり、中をぱらぱらとめくりながら微笑む。

「ぴこさんがたくさん協力してくださったおかげで、無事できあがりました。ありがとうございます」

そしてその本を、そのまま俺の前に差し出した。

「ですので、お礼と言ってはなんですが、差し上げます」

「あ、ありがとうございます。でも俺、読めるかな。難しい本は苦手で……」

ちょっとめくってみる。字は細かいけれど、思ったよりは、絵や図が多いか。

「興味は持っていただけると思うのですけど。今回のテーマは『明らかに創作であるはずの落語が、なぜ怪異になるのか』なので」

「あ、ついに理由が分かったんですか？」

短さんは、口元に手を当てて、ふふっと笑った。

「いえ。はっきりとした結論は書きませんでした」

「なんでですか？」

「人間の常識で勝手に結論づけるのは、失礼だと思ったからです」

短さんはこくっと首をかしげて、楽しそうに言った。

「なので、あくまでも仮説として書いたのですけど……簡単に言うと、怪異は元々いて、噺家《はなしか》さんが落語を作るときに、ちょちょいとアイデアのタネを与えているのではないかと」

「え？　逆ってことですか？　落語の登場人物が怪異になってるんじゃなくて……」

「逆です。元々いるおばけが、自分が主人公の落語を作らせている」

なるほど、これは凡人では絶対に思いつかない発想だ。しかしそれでは、少し矛盾があるようにも思える。

「あの、でもそれってちょっと変じゃないですか？　怪異が話を作らせているなら、自分に都合のいいストーリーにしそうじゃないですか。お菊さんなんて、自分が笑い者にされる話に苦しんでたわけですし」

「さすがぴこさん、鋭いですね」

なんだかうれしそうだ。短さんは目を細めて笑う。

「僕は、落語の物語って、噺家さんと怪異のとんち比べの結果なのではないかなと思うのです。怪異がお題を出す。噺家さんは、もちろんそうとは知らずにですけれど、怪異に出されたお題を元にお話を膨らませる」

「え？　じゃあ、落語家さんが『ひらめいた』って思う瞬間は、実は怪異が脳みそにでも語りかけているってことですか？」

「全部がそうとは思いませんけどね。でももしこの仮説が正しければ、今度は、『普通の幽霊や妖怪《ようかい》が、落語に興味を示す理由はなんなのだろう』という、新しい課題が見えます。誰かが始めて、怪異の間で流行《はや》ったのかしらとか……色々想像が膨らみますね」

短さんは、表紙をトントンと叩《たた》いた。よく見れば、『壱』とある。

「これ、続きがあるんですか？」

「ええ。面白そうなので、次は飛介さんと黒兵衛さんに実演していただこうかなと」

驚くべきことに、二十年間恨みに恨んでいたあの死神と、友好的な関係になったらしい。夜会いに行くと、ＬＯＶＥキャップをかぶって得意満面なのだそうだ。

「こうして協力してくれる怪異が増えたのも、ぴこさんに励ましていただいて、胸のつかえが取れたおかげです。ありがとうございます。引き続き、調査のお手伝い、よろしくお願いしますね」

「はい。俺も頑張って勉強します」

「新三郎もきっと手伝ってくれますよ。今回の考えのヒントを得られたのも、彼のおかげですので。ねえ、新三郎？」

短さんが笑顔で天井を仰ぐ。しかし、応答はない。気配もなし。

「あら、帰ったようですね」

「え？　新三郎さんたち、家決まったんですか？」

「ええ。谷中霊園の隅に居を構えたそうですよ」

谷中霊園は、文京区と台東《たいとう》区の区境を挟んですぐ向こう側だ。直線距離をふわふわっと浮いてくれれば、五分もせずにここに着くだろう。

「きょうはまだ花札をしていないというのに……これじゃあ眠れません」

短さんは、ちょっと口をとがらせたあと、ひらめいたようにこちらを見た。

「ぴこさん、花札やってみますか？」

「えっ⁉　いや、いいです！」

「遠慮なさらないで？　教えますから」

……嫌だ。あんな風に怒って札を投げつけられる遊び、絶対にやりたくない。

「む、難しそうですし、いいですっ」

「簡単ですよ。ただの絵あわせですから。ね？」

人を操る美しい笑顔で、座布団の上に座らせられる。

一応、基本的なルールは、ずっと見ていたので分かる。けれど、どれが強くてどれが弱いとかは、さっぱり分からない。

短さんが慣れた手つきで札を配り、並べる。

「まあ、さすがぴこさん。いきなり良い札を引き当てましたよ」

「そうなんですか？」

「ええ。まず、その赤い実は……」


五分ほど講習を受けたところで、実戦に移ることになった。

「ぴこさんが親ですね。では、お先にどうぞ」

配られた札を見るけれど、やっぱりちんぷんかんぷんだ。

なんだっけ、なんだっけ……。

よく分からないから、とりあえず、菊の短冊を取ってみる。もう一枚引いたら、運良く牡丹《ぼたん》の短冊も取れた。

「それでは僕は」

短さんが、地味な札を取った。

「えーっと……じゃあ、これ」

ぱたっと合わせたのは、紅葉の短冊。

「まあ、ぴこさん。青短が揃《そろ》いましたよ。初めてなのにすごいです」

ぱちぱちと拍手する。

「えっと……青短しか覚えられなかったので」

もじもじしながら言ったら、短さんは、ぱあっと表情を明るくしたあと、赤ちゃんを見るみたいな目で言った。

「まあ、なんて可愛らしい。僕の名前だから覚えていたのですね？」

「はい、そうです」

ちょっと恥ずかしく思いつつ、ゲームを続ける。よく分からないけれど、とりあえず、豪華っぽい札を取ればいいと言っていたから……。

何巡かして、派手な桜の札を取ったところで、短さんが天女のような微笑みで言った。

「やっぱりぴこさんは、生まれつき運がよろしいのかしら。次々と良い札を揃えて。こういうのをふてえ野郎と呼ぶのかも。ふふ」

「え……、あの、怒ってます？」

「まさか。ちょっと面白くないだけです」

いや、怒ってるでしょ……。

どうしようかとおろおろしていたら、ふわっと背中に気配がした。新三郎さんだ。一番端の札をちょいちょいと引っ張っているような気がする。

しばらく任せてみたら、なんだかどんどん役が揃っていき、全部出し切ったところで、短さんが目をまん丸くした。

「ぴこさん、すごいです。どうして？」

「あ、えっと」

新三郎さんが窓際に逃げる……と、短さんはぴくっと眉《まゆ》を動かした。

「……新三郎？　いるのですね？」

カーテンがさらっと揺れた。と思った次の瞬間、短さんがぐわっと札の山を摑《つか》んで、窓に向かって思い切り投げつけた。

「べらんめえこのインチキおばけ！　悪霊退散！　おとつい来やがれ！」

「だめです！　花札はそういうお札じゃないですよ！」

「今日こそくたばりやがれっ、このあんにゃもんにゃ！」

「短さんってば！」

胴体に抱きついて止めたところで、短さんは、すーっと真顔になった。そして、すとんと座布団の上に座る。

「……もう、またやってしまいました。本当にこの気が短いの、どうにかならないのかしら」

はあっとため息をついて、頰に手を当てる。

新三郎さんとふたりで散らばった札を集めていると、短さんは、申し訳なさそうに笑いながら言った。

「お詫《わ》びと言ってはなんですが、あしたはごちそうにしましょう。何がよろしいです？」

「えっと、じゃあ……すき焼きとかありですか？」

おっかなびっくり聞いてみたら、短さんは、うずうずとした表情で大きくうなずいた。

「あしたは仕事はやめにして、日本橋へ行きましょう。張り切って、いいお肉を手に入れますよ」

使命感に燃える彼の顔を眺めながら、しみじみと思う。

俺が生まれて初めて心を許せた相手は、はっきり言って、妙なひとだ。

優しくて、怒りっぽくて、美しくて。

どう見ても怪異には失礼なのに、愛されていて。

本書は第6回角川文庫キャラクター小説大賞〈優秀賞〉を受賞した作品を改稿・改題し、文庫化したものです。

この作品はフィクションであり、実在の人物・団体等とは一切関係ありません。

江《え》戸《ど》落《らく》語《ご》奇《き》譚《たん》

寄席《よせ》と死神《しにがみ》

奥《おく》野《の》じゅん

令和3年 4月25日 初版発行

発行者●堀内大示

発行●株式会社KADOKAWA
〒102-8177 東京都千代田区富士見2-13-3
電話 0570-002-301(ナビダイヤル)

角川文庫 22640

印刷所●株式会社暁印刷
製本所●本間製本株式会社

表紙画●和田三造

●お問い合わせ
https://www.kadokawa.co.jp/（「お問い合わせ」へお進みください）
※内容によっては、お答えできない場合があります。
※サポートは日本国内のみとさせていただきます。
※Japanese text only

ISBN 978-4-04-111238-0 C0193

◇◇◇

角川文庫発刊に際して

角川源義

第二次世界大戦の敗北は、軍事力の敗北であった以上に、私たちの若い文化力の敗退であった。私たちの文化が戦争に対して如何に無力であり、単なるあだ花に過ぎなかったかを、私たちは身を以て体験し痛感した。西洋近代文化の摂取にとって、明治以後八十年の歳月は決して短かすぎたとは言えない。にもかかわらず、近代文化の伝統を確立し、自由な批判と柔軟な良識に富む文化層として自らを形成することに私たちは失敗して来た。そしてこれは、各層への文化の普及滲透を任務とする出版人の責任でもあった。

一九四五年以来、私たちは再び振出しに戻り、第一歩から踏み出すことを余儀なくされた。これは大きな不幸ではあるが、反面、これまでの混沌・未熟・歪曲の中にあった我が国の文化に秩序と確たる基礎を齎らすためには絶好の機会でもある。角川書店は、このような祖国の文化的危機にあたり、微力をも顧みず再建の礎石たるべき抱負と決意とをもって出発したが、ここに創立以来の念願を果すべく角川文庫を発刊する。これまで刊行されたあらゆる全集叢書文庫類の長所と短所とを検討し、古今東西の不朽の典籍を、良心的編集のもとに、廉価に、そして書架にふさわしい美本として、多くのひとびとに提供しようとする。しかし私たちは徒らに百科全書的な知識のジレッタントを作ることを目的とせず、あくまで祖国の文化に秩序と再建への道を示し、この文庫を角川書店の栄ある事業として、今後永久に継続発展せしめ、学芸と教養との殿堂として大成せんことを期したい。多くの読書子の愛情ある忠言と支持とによって、この希望と抱負とを完遂せしめられんことを願う。

一九四九年五月三日

雨宮 周
海棠弁護士の事件記録
消えた絵画と死者の声
角川文庫